F. BORDEWIJK

BLOKKEN/KNORRENDE BEESTEN/BINT

F. BORDEWIJK

BLOKKEN
KNORRENDE BEESTEN
BINT

2007

NIJGH & VAN DITMAR

AMSTERDAM

Tweeëndertigste druk 2007

Omslagontwerp: Tessa van der Waals
Foto omslag (detail) © Cas Oorthuys /
Nederlands Fotoarchief, Rotterdam
NUR 301 / ISBN 978 90 388 0342 5

INHOUD

BLOKKEN

Aan S. M. Eisenstein en A. Einstein,
filmcomponist en wijsgeer,
meesters der verschrikking

DE NACHT

Het vliegtuig ging zijn weg, pijlrecht, een rood seinlicht voorop, versterkt door kristallen prisma's. Het schoot door de nacht als een pijl met gloeiende punt. Het doel was de stad. Het vloog laag over de bouwlanden.

Er waren geen lichten op de aarde. Er was een overvloed van licht in de hemel. Daar waar de mens nog geen macht had leefde de romantiek, wild en vertoornd in haar zege. De stormwolken gingen geweldig, fregatten van de nacht, óverbespannen met zeil. De zeilen scheurden.

De aarde lag bepanterd met wit en zwart, bleekzwart, bleekwit. Het vliegtuig ging door schaduw en licht. De maan barstte te voorschijn. Lichtvloeden kwamen af in watervallen. Het ravijn van de nacht stond vol watervallen. Het vliegtuig met zijn straffe robijn zocht de stad.

De dorpen, eens ruïnes, waren weggevaagd. Er was in de Staat voor dorpen geen plaats. Er waren grote centrale punten.

Het vliegtuig ging over bouwland, dan over weide, dan over bos. Er was geen enkel licht op de aarde, en de maan werd overwoekerd. Winterhagel ruiste langs de metalen flanken, het steeg voor onzichtbare heuvels op zijn weg naar de hoofdstad. Even was de nacht volmaakt, – dan, aan de kim, blonk een robijn. Die week noch naderde: een vliegtuig dat evenwijdig ging.

In de donkere cabine rezen passagiers van hun matras. De nacht, leeggehageld maar zwart gebleven, werd voller en voller van rode ogen, onder, boven. Ergens in een hoek van de hemel, schijnbaar heel hoog, was als een enorm sterrenbeeld, door rood glas bezien. De sterren schoven langzaam dooreen.

Een lijntje zwol en werd een luchtschip waarvan alle vensters straalden. Aan de andere kant bleef een diffuus melkig licht hangen, en dan brak het open zoals een ijsberg in zonneschijn breekt uit de mist, de Mammoth, het fonkelnieuwe, fonkelende, grootste luchtschip van de Staat, een stad boven de aarde. De maan brak weer door, maar was nietig bij die nieuwe, allergrootste stralende wereld, al de manen omlaag gehaald, gekoppeld, geketend, dienstbaar met een rustige dienstbaarheid aan de mens. De naam Mammoth was te klein, de Raad zou het schip herdopen in een cijfer, het cijfer 4. Het cijfer verbeeldt geen afmetingen.

Het vliegtuig koerste schuin onder de Mammoth heen, die lang een veeg gloed liet aan de kim. Na de overgang dier planeet was opeens de nacht voller van rode ogen, en een andere veeg licht lag recht vooruit, het vliegveld van de hoofdstad.

Nu was ook de bodem volgestoken met diepe lichten in regelmatige rijen, een rechtlijnige tekening. Het vliegveld kwam in zicht, diep omlaag, zijn effen grasvierkant krijtig groen in het vloedlicht.

Zestien meermasten voerden plat rood licht in top. Maar ontzaglijk waren de zestien zoeklichten aan de randen in hun betonnen torens, voetstukken voor zestien kaarsrechte vierkante lichtkolommen die het dak van de nacht torsten. Tussen de kolommen vlogen de roodgesnebde luchtvogels in en uit.

De helikopter zocht haar plek, daalde in loodlijn, deinde even op het gras, stond, vouwde de vleugels samen voor de nachtrust. De passagiers stegen uit, hun verkeersinsignes op de borst, tussen de dubbele politierij. Politietroepen doorzochten met toortsen de cabines. De Mammoth verscheen aan de einder gelijk een diadeem.

Onder het klapperen van de hemelvlag ontwaakte de hoofdstad tot haar dag van ontspanning, – elke vijfde. In de woonkwadraten was vertier, in de arbeidskwadraten ging niets om.

De stad was wijd en evenredig uitgelegd, de straten waren recht, die in het midden breder dan die aan de buitenkant. Het asfalt was uitgevloerd in verschillende kleuren, wit, bruin, grijs, zwart, in effen banen naast elkaar, of met een Griekse rand, maar niet opvallend. De eentonigheid moest worden gebroken, maar de aandacht niet van de gebouwen afgetrokken.

De gebouwen muurden op in soortgelijke kleuren, in de woonkwadraten vier vijf ramen hoog, in de arbeidskwadraten lager. De straten waren nimmer lang, en aan hun einde onveranderlijk door bouwblokken afgedekt. In het spel tussen ruimte en beslotenheid won de laatste. Aan alle zijden stond de stad óp om de voetganger. Zij kondigde haar einde niet aan, het was altijd plotseling, om een hoek. Er werd weinig meer bijgebouwd, de bevolking van de Staat was stationair, de trek naar de steden had opgehouden, nu allen in steden waren ondergebracht. Uitwisseling tussen de steden was spaarzaam, nu alle naar hetzelfde patroon waren opgetrokken. Het individuele der steden bestond in een enkele relikwie uit het verleden. Zo een had er de hoofdstad, anderen hadden er geen. Maar dat schaarse curiosum daargelaten vond ieder in en om de eigen stad wat hij van het leven verlangde.

Het land werd bearbeid vanuit de steden. Voor enige vergelegen streken had men betonnen bijsteden, des zomers slechts bevolkt.

In de stad waren woon- en werkkwartieren zeer doelmatig naast elkaar gelegd. Niemand maakte een verre gang. De auto was als vervoermiddel uitgestorven, de spoorwegen waren het reeds eerder. Het oorlogsapparaat kende nog de auto. De voet had zijn oude rechten hernomen, de beste ontspanning was de wandeling.

De gezinnen, die rustdag, zwermden reeds vroeg uit de woonkwartieren, de stad was vol optochten, met vlaggen en lichte, nooit luide muziek. Wie als enkeling zich buiten begaf trok onmiddellijk de duizenden blikken van wantrouwen op zich samen als de zonnestralen in een brandpunt, en liep gevaar.

De kinderen die niet mee konden bleven onder toezicht in de wijde luwe binnenhoven, de ouderen onder hen zouden later op de dag in kleine optochten gaan om de huizenblokken.

De stad verbeeldde de ernst der vier werkdagen in de strakke monumentaliteit harer bouwblokken, maar de vreugde van de rustdag in de bloemen voor de ramen, de gazons in de binnenhoven, de perken en de fonteinen. De Staat gebood liefde tot de natuur omdat zij blijheid schonk en rust.

De staat gebood een bepaalde klederdracht, de mode had opgehouden. Tot 15 november werd wit met rood gedragen, tot 15 maart zwart met rood. Juli en augustus waren herdoopt.

Dit was de laatste rustdag vóór de zwarte dracht, de dertiende november. De kleding was sportief, licht. Het volk werd gehard tegen de koude.

Het liep in gelederen in kleine armeeën. Tussen de strengheid der woonbouwsels was het mensenbewegen vrolijk, van een massale vreugde. Het was niet het gewriemel der talloze enkelingen, het was een stevig bewegen van massa's, het had iets machtigs en onverzettelijks, en het was blijde om zijn macht. De optochten beheersten de stad.

In gesloten colonnes ging het voorwaarts, de vrouwen en meisjes voorop meest. De armeeën vormden onberispelijke vierkanten en rechthoeken. De korte witte rokken met een enkele rode baan fladderden boven de knieën, de korte witte broeken met rood galon spanden om de bovenbenen. De voeten staken in sandalen, de onderbenen waren onbedekt.

Er was zacht geneurie in de optochten. De gezichten vertoonden alle kracht en blijheid. Het trok spoedig voorbij en had iets eentonigs. Alleen de zeer snelle opmerker peilde het individuele, en zag dat in deze kloeke groepen veel stak dat verrassend schoon was.

De stoffelijke onbezorgdheid, het leven voor allen gelijk, hadden het volk tot grote bloei gebracht. De universele mondverzorging had schitterende gebitten gekweekt, lach- en bijtgebitten. De blik was fel, onderzoekend, bijna hard. De schedelinhoud was toegenomen, overheersend brachycefaal. Men beschouwde het langschedelige type als etnologisch minderwaardig. Juk- en voorhoofdsbeen waren wat zwaarder aangezet, en een raadsel voor het demografisch instituut, dat evenwel een toekomstige verfijning der gelaatsbeenderen aankondigde.

Tot 15 november moest het hoofd onbedekt zijn. Haaruitval bestond niet meer, de haargroei, weelderig meest, was uniform besnoeid.

Er waren armeeën van enkel jonge mannen, en deze waren het schoonst. Zij deinden en veerden als een gruizige ijsgang in even bewogen water. Uit hun blik sprak de kantigheid hunner gedachte. Zij transigeerden niet, nu niet en nooit, maar hun lijf ging soepel en rustig, en paste zich aan. Zij droegen hun commune idealen in een rode orkaan van vlaggen boven hun hoofd.

Buiten de stad mocht worden gezongen. De kelen braken open in hymnen. De muziek was teruggekeerd tot het bijna gregoriaanse, maar te krachtig om somber of droef te wezen, te breed om opstandig te zijn. Er bestonden slechts nationale liederen, over de Staat, de gemeenschap, de arbeid, de sport. In de zang triomfeerden weer de jonge mannen, hun koralen klaroenden door de lucht.

De dag was zeer koud en zeer schoon. De wind, pal noord, tochtte door de longen. De hemel zag lichtblauw, de zon stond nog laag. Het uitspansel was bespikkeld van adelaars, waar een rotspunt uitstak, in de vlakte horstte een arend. Hun kweek was voorname overheidszorg, des nachts werden kadavers vervoerd naar omrasteringen, tot hun buit. Zij vormden hele knekelhuizen van zorgzaam afgekloven gebeente.

Om de vierkante stad was een vlakte van bos en weiland, licht heuvelig. De ontspanningsgordel nam de gehele bevolking gemakkelijk op. Sommige troepen bleven marcheren, urenlang, – andere oefenden zich op de weiden in allerlei vormen van sport. De atletiek werd weder naakt bedreven, in betonnen sportgebouwen en door beide seksen gelijktijdig en vaak ook gezamenlijk. De Staat kende geen seksen, – de vrouw was de volkomen gelijke van de man geworden doordat zij zich aan diens formule had aangepast. Het onderscheid in kleding was een rest die de Staat niet gaarne zag. Maar bij alle vrijheid van omgang erkende de Staat kuisheid als een factor van volkskracht: het onderlichaam bleef bedekt.

Groter en groter kwam de dag te staan boven de stoer spelende massa's, doorkruist van politietroepen. Allerwegen was controle, maar openlijk. De dag ging krimpen en nog werd er weinig gerust. Niemand at of dronk, de maaltijden zouden niet eer dan te zeventien uur aanvangen. Colonnes die acht uur gelopen hadden keerden fier weer, met vlaggen en zang. De zon zonk, de hemel ging open als een haard. De arenden zweefden neer, de bevolking keerde terug. De noordenwind floot van de heuvels, beet door de kleren, kwam niet verder. Het was een eer uit volle borst zingend weer te keren, de koralen schalden opnieuw. De nacht viel over de grote dag.

In de stad verstomde de zang, maar opgewekt, in hun onberispelijke vierkanten en rechthoeken, gingen de troepen. De straatverlichting was voldoende, niet overvloedig. Uit de huizen scheen veel licht. Het verbod van raamgordijnen was niet te handhaven gebleken en door de nieuwe Raad ingetrokken, acht jaar geleden, toch leefden veel gezinnen hun avondleven voor ieder zichtbaar. Hun huislicht verlichtte de straat.

In enkele huizen waren, op de begane grond, nissen, sterker verlicht en voor ieder toegankelijk. Tegen katafalken, een weinig achterover, leunden daar de doden. Gecarboliseerd om het eerste bederf te weren stonden zij daar drie dagen ten toon voor de altijd kijkgrage massa, – dan werden zij naakt begraven, staande, in zandgraven, geheel ingemuurd in vochtig zand, aangestampt rondom de lijken. De Staat begroef zijn doden staande. Het was een streng vonnis waarbij men werd veroordeeld liggend te worden begraven, op het Liggend Kerkhof, een kerkhof der schande, ver weg, door niemand bezocht. Alleen een voorbeeldige betering kon die straf ongedaan maken.

De bevolking was nu vrij haar woningen op te zoeken, maar velen verkozen dit niet. Zij gingen naar de volkshal, een vierkante hal die tweehonderdduizend mensen bevatten kon, een hal zonder zuilen, waarvan het lichte dak was opgehangen aan een overspanning van aluminium. De vloer was van betonnen platen, geel en bruin, de wanden en het dak waren wit. Er scheen een licht als daglicht, allerwegen. Het was er zeer koud. Er waren geen rustplaatsen, ieder stond. Iets enorms was aan het verre einde, een orgel dat als een stad stond in deze hal, maar een stad uit het verleden, een symmetrische stad met daken. Het orgelspel duurde twee uren. Zodra het aanving kwam er verandering in het licht. Het werd violet, rood, van een geel geweldig, het wisselde onophoudelijk met de muziek.

Er bestonden geen orkesten meer, en nog slechts weinig muziekinstrumenten. Het nationale instrument was het orgel. Elke stad had er een in haar volkshal, de hoofdstad had het grootste. Dit bouwwerk was niet meer op spelen ingericht, het werd bestuurd door een leger ambtenaren, en gedreven door reeksen motoren. Zo machtig was het dat het niet eigenlijk zacht kon spelen. Afgestemd op piano had het geluid nog altijd iets van het loeien van een spuiter in een boortoren, aan de horizon. Maar overweldigend was het effect wanneer, zelden slechts, de daken opengingen boven de orgelstad, en het geluid, te zwaar en te diep voor het oor, verzwolgen werd in de trilling der lucht.

Men stelde er een eer in het lichtconcert ten einde aan te horen, onbeweeglijk staande. De jonge mannen wilden bij de zwaarste geluidsuitbarstingen nog niet knipperen met de oogleden. Het scheen een eenheid wat daar luisterde, maar wie er omging met kritische blik zou ontwaren dat de gelijkgeklede menigte toch door het gelaat uiteenviel in individuen. De natuur, machtiger dan de wil der overheid, brak grillig speels de monotonie der samenkomst. Het dikke vernis van de Staat kon de oorspronkelijke kleuren niet doven.

DE LEZING

De staatsmachine bestond in haar huidige vorm vijfenveertig jaar. In dat tijdvak was een enkele schroef wat vaster, een andere wat losser gedraaid, – dat was alles. De Staat achtte zich de meest vervolmaakte orde op aarde bereikbaar, en voor aardse eeuwigheid gesticht. Miljoenen jaren kon het zo blijven, zou het zo blijven. De mensheid had nog slechts de korst der aarde aangevreten; eer haar kern was bereikt – al voorzag men ook een steeds sneller tempo – duurde een onnoemelijkheid. In de Staat zelf werden alle grondstoffen, benodigd voor het leven, gevonden. Er was geen handel met het buitenland, er was geen diplomatiek verkeer. Er was alleen een ruilhandel in films. Er mocht geen geld bestaan, voortbrenging en verdeling geschiedden volgens het systeem der overheid en door haar. Er was geen waarde, want waarde is iets persoonlijks. De Staat duldde geen kritiek, want kritiek is splijting.

Die avond wilde de Raad, het college van tien, vijf mannen, vijf vrouwen, dat de Staat bestuurde, een stem horen uit het verleden om zich daarmede te vermaken. In de kleine raadzaal zou een lezing gehouden worden voor de Raad en de andere hoge colleges van Staat, totaaal omstreeks 100 personen. Men zou ditmaal het idée fixe horen van de Bol.

De spreker die op de verhoging stond trad niet voor de eerste maal op. Hij had steeds gesproken over de Bol, hij zou er nu weer over spreken. Hij was daarvoor dertig jaar geleden in de gevangenis geworpen, waar hij het overigens goed had. Zijn staatsgevaarlijke uitingen konden de hier verenigde hoorders niet aantasten. De kritiek van hem en zijn lotgenoten was hun spaarzaam amusement.

Op het podium stond een individu. Het was een figuur uit het verleden. Zijn woord was een stem uit het verleden. Hij stond en zij hoorden hem staande aan.

Hij was klein, verschrompeld, bijziende, en er lag slechts kracht in zijn lange, sneeuwwitte beharing van hoofd en gelaat. Zijn stem was zwak, maar niet onduidelijk.

'Wat hebt gij,' zo zeide hij, 'uw steden opgebouwd tot blokkendozen, uw perken gelegd als vierkanten, uw straten als lijnen! Gij zijt verliefd, met de harde liefde van uw zielen, op de harde lijnen, figuren en vormen. Gij drijft de idee van het blok door in al haar excessen, ge zijt de kubisten van de praktijk. Ge zult u ten dode verwonden aan de scherpe kanten van uw levensstaat.

Ik behoef maar mijn ronde schedel te betasten om te voelen dat wat daar binnen ligt het volmaakte zoekt in cirkel, schijf en bol. O, de heerlijkheid van de lijn zonder einde, het vlak zonder hoeken, het lichaam zonder vlakken!

Het blok is uw god en toch kunt gij de natuur niet keren. Uw kinderen nemen in hun vierkante leerlokalen de kantige lessen van uw beginsel op met ronde ogen. Gijzelf, mannen, streelt in zingenot de rondingen uwer vrouwen. Hoe zou het u te moede zijn wanneer de liefkozing uwer handen neerkwam op kubussen? Gij vergeet dat de aarde rond is, dat zij cirkelt om de zon wier kleuren breken in de regenboog als de ronde droppels vallen.

Gij hangt niet het liefdevolle water aan, maar de liefdeloze ijsschots. Uw hoekige intelligentie kruit als het boze ijs op de golvingen van uw aandoeningen. En toch, het water spoelt er onder, en soms, waar het zacht, waar een wak is, er over. Ik erken in uw ijsgang iets groots, maar hij zal tenslotte de dijken van uw staat stukrammeien, gij gaat onder aan uw teveel aan opgetaste poolkoude.

Wat gij wilt ligt niet in de aard van de mens. Ge zijt ook nog op andere wijze uw beginsel ontrouw. Uw Mammoth, uw Mastodont, uw Minotauros en hoe verder uw M-luchtschepen heten mogen – ik verneem dat gij ze hebt herdoopt in cijfers, gij dwazen – zijn geen dozen vol gas, maar ballons, de transportbanden van uw steden lopen op schijven, ge werpt bij het spel nog steeds de discus. Vermeent gij dat uw kanonnen kubussen zouden kunnen uitstoten? Mijn stem gaat door het ronde en het ovale venster van uw oren.

De hemel staat als een koepel boven u, het universum rond u is een bol. De wereldorde streeft naar de bol. Ik zie de stad der toekomst als een stad van koepels, een stad gesticht over een ronde berg. Indien gij dienen wilt, dient de bol, buigt u neer voor het geduchte geheim van zijn inhoud, gij die zo vurig het geduchte nastreeft. Uw praktijk is de onverbiddelijke karikatuur van uw beginsel, gij hinkers op twee gedachten, meters met twee maten, gij bigamisten der wiskunde.'

De verzamelden hoorden de oude staande aan, onbewogen, zonder lach of spot. De rechte houding van de mens was een der kentekenen van zijn uitgroei, verzameld zat men nimmer, men stond. Toen de oude had gesproken was er even een gefluister. Men zeide dat hij waarlijk oud werd, dat hij zich te zeer herhaalde.

De oude ging terug, onder geleide, naar de gevangenis waar hij het goed had.

De Staat loochende alle individuele waarden, in de eerste plaats de waarde van het individu. Het individu had slechts één belang voor de Staat, zijn staatsgevaarlijkheid. Dan zag de staat in hem een mens. Mens was voor de Staat gelijk aan vijand.

Het volksbureau werkte thans een systeem uit de mens zijn laatste persoonlijkheid, naam en toenaam, te ontnemen en deze te vervangen door 3 letters en een getal. Hij werd aldus een genummerde steen in een collectief blok. Men voorzag verzet, vooral bij de moeders. Men kon evenwel geen concessie doen aan het grondbeginsel dat eigendom verbood. Alles wat de bevolking behoefde was voor allen gelijk, huisvesting, verlichting, verwarming, kleding, voeding, onderricht. Alle volwassenen, mannen en vrouwen, waren in staatsdienst. Bij de verdeling van de arbeid was geen persoonlijke keuze, zelfs geen voorkeur toegelaten. De verdeling geschiedde door de arbeidsbureaus, met inachtneming slechts van de in de leertijd gebleken aanleg. Alle volwassenen waren ambtenaren. Door het overvloedige mensenmateriaal konden alle ambten voldoende bezet blijven.

Er was geen eigendom. In de woonhuizen, de fabrieken, de werk- en leerlokalen, overal, kon ieder dag en nacht binnentreden. Er waren deuren, maar geen sloten. Het aanbrengen van een sluiting, waarop ook, werd zeer streng gestraft. Een klein blauw licht boven een deur gaf aan dat men niet gestoord wilde worden. Krachtens welvoeglijkheid, niet krachtens wetsbepaling, bleef men dan zonder stoornis. 's Nachts brandden boven alle slaapkamerdeuren kleine blauwe lichten.

Al wat men voortbracht was eigendom van de Staat, hetzij een kind, een werk van lichaamsarbeid of een voortbrengsel van de geest. In sommige opzichten moest de Staat wel concessies doen. Zo werden de laatste jaren weer raamgordijnen toegelaten, uit tule, – doch niet om daarmede een accent te leggen van persoonlijk eigendom, alleen als erkentenis van een veel voorkomende behoefte van de mens het buitenlicht in de woning te filtreren. Ten aanzien van naam en toenaam zou echter geen concessie worden gedaan, dit laatste ingeworteld eigendomsbegrip zou worden uitgeroeid, ten spijt der jonge moeders, die hun kinderen een naam wilden geven.

Het onpersoonlijke der voortbrenging werd ook doorgevoerd in die uitingen van de mens welke het meest een persoonlijk stempel droegen, ontdekkingen, uitvindingen, en voortbrengselen van kunst.

In de laatste vijf jaren waren drie neo-vitaminen ontdekt, waarvan een kankerwerend, – men wist niet door wie. De kunstmatige luchtspiegeling was uitgevonden door een onbekende. De bouwer van de volkshal, een opmerkelijk bouwwerk, was een anonymus. Schilderstukken, beeldhouwwerk, proza en verzen werden niet gesigneerd. En de Staat was er trots op dat wetenschap en kunst bloeiden.

De Staat leerde niet anders van het verleden dan hoe het niet moest zijn. Het historisch museum was een museum van waarschuwing. Het lag in de stadskern, in een wijk van waarschuwing.

De overheidsnaam van dit stadsgedeelte was 'wijk van het slechte voorbeeld'. De bevolking noemde de wijk 'de stadskern'. De stadskern lag nagenoeg in het centrum der stad. Het was de laatste rest van de oude stad. Reeds de onmiddellijk aangrenzende wijken waren grondig opgeruimd en door bebouwing in blokken vervangen. Misschien was door geleidelijke aanvulling van werk- en woonkwadraten, naarmate de stad groeide, de opruiming der kern onnodig geworden. Niemand wist echter met zekerheid de grond voor haar blijven te noemen. Het verkeer was er zeer doelmatig, zonder vertraging, omheen geleid. De Raad benutte haar bestaan als waarschuwend voorbeeld.

De kern was klein, maar uiterst samenhangend dooreengevlochten als de hersenen van een hooggeordend zoogdier. Zij was de miniatuurfoto van de kapitalistische staat. Er was een gracht met patriciërswoningen, er waren kazernehuizen met eenkamerwoningen, er waren sloppen en stegen, krotten en er was een kerk.

Het historisch museum was over drie patriciërswoningen verdeeld. De bewaking daarvan was een straf, de wachters waren gestrafte ambtenaren. In de tijd dat de Staat nog handel dreef met het buitenland had hij van lieverlede datgene wat het buitenland kunstschatten noemde daaraan van de hand gedaan, met behoud slechts van enkele representatieve stukken. Er was een Egyptisch koningsgraf dat in de catalogus werd aangeduid als 'Doodsbed van weelde'. Een Madonna van Rafael, wiens naam was weggeschilderd, heette 'Vrouw van voorheen'. Een regentenmaaltijd, die veel verachting oogstte, heette 'Kapitalistische buikdienst', een later stuk van heren en dames te paard met honden 'Kapitalistische sport'. Er lagen de boeken van de heldenverering uitgestald als slechte voorbeelden, een anonieme Ilias en Odyssee. Er waren juwelen en kerkschatten met bijschriften ter lering van hun nutteloosheid. Maar heel de stadskern was een openluchtmuseum van de inkeer.

Zij werd niet bewoond. Alle toegangen van de kern naar de stad werden bij zonsondergang gesloten met machtige ijzeren hekwerken. Niemand mocht er achter blijven, ook de wachters niet.

Toch waren er altijd die zich des nachts in de kern lieten insluiten, en schaduwen dwaalden over de onverlichte straten rond. Ook waarden er wezens die bij maanlicht sterk flonkerden als een neergetrokken klein sterrenbeeld, en onmiddellijk doofden in de duisternissen.

De stadskern was officieel de enige curiositeit van de hoofdstad, een brok verleden dat merkwaardig was, doch met mate. Zij was iets dat men kennen moest ter completering van zijn opvoeding, maar dat verder weinig gold. Zoals het snuiten van de neus in een zakdoek een beschavingsverschijnsel was, en dit snuiten ieder vroegtijdig werd aangeleerd, zonder dat het tot het beschavingspeil veel toedroeg.

Hele schoolklassen die hun zakdoek hadden leren gebruiken werden door de stadskern gedreven.

En, gelijk de zakdoek zijn microben, bevatte de stadskern de microben van een schaduwleven buiten het gemeenschapsverband.

DE MONOLIET

Er was in de Staat geen kerk, er was in de Staat geen godsdienst. De kerk in de stadskern was een monument uit de oudheid.

De Staat was a-religieus. De sterrenkunde had de godsdienst gedood. Het opperst bestuursorgaan, de Raad, bestond uit astronomen. Het heelal was naar alle zijden gepeild, en daar was geen plaats voor een God gebleken, noch voor een onsterfelijke ziel.

Er was wel plaats, veel plaats, voor de mensheid. De mensheid in haar huidige organisatie was het meest volmaakte dat men zich denken kon.

Uit het toenemen van zekere lijnen in het zonnespectrum had men afgeleid dat over zes miljoen jaren de zon zich zou opblazen en de nutteloze restanten der aarde verteren. De mensheid die de aarde eerder verteerd had zou dan vertrokken zijn. Reeds had men reizen door de wereldruimte ondernomen. Bijna de helft der reizigers was teruggekeerd. De langste tocht had vier jaar en acht maanden geduurd. Men zou nieuwe planeten ontdekken waar de mensheid wonen kon. Zij zou over het heelal worden uitgezaaid en totdat de laatste ster was weggesmolten zou de mensheid bestaan. Zij, die de wereld niet had zien aanlichten, zou wel de wereld zien doven. En dit kon omdat niet meer het individu gold, maar alleen het geheel. Het geheel was geen som van enkelingen, maar een nieuw, eigen wezen, met eigen krachten en met de macht tot onsterfelijkheid. De sterfelijkheid van het individu telde voor het geheel niet meer dan het uitvallen van een enkel haar voor de beharing: het werd vervangen door een nieuw.

De mensheid was onsterfelijk in a-religieuze, in stoffelijke zin. Zij was het eminentste verschijnsel dat het heelal kon aanwijzen. Haar vruchtbaarheid was beperkt, maar door bepaalde leefregels tevens afdoende verzekerd. Dit eigen wezen hield zich in stand door parthenogenesis, hoogste, want zelfgenoegzame instandhoudingsvorm.

Er bestond een geringe kans – niet meer dan één tegen honderdtwintig – op een aardebotsing over vijfhonderd veertigduizend jaar. Een deel der mensheid zou dan zeker reeds voor goed vertrokken zijn. Zij bleef ook als deel een eigen geheel. Haar enige roeping was haar voortreffelijkheid door het heelal te propageren in de melkweg, de bolclusters, de spiraalnevels.

De Raad vergaderde die winteravond in de kleine raadzaal. De tien leden, vijf mannen, vijf vrouwen, stonden aan een lage vierkante tafel. Het was er helder licht en uiterst koud. Alleen woonvertrekken werden in de Staat verwarmd.

De leden van de Raad onderscheidden zich in geen enkel kledingattribuut van de bevolking. De persoonlijkheid gold ook voor hen niet. Zelfs was de Raad geen groep. Vroeger uit zestien leden samengesteld, was hij tot tien teruggebracht opdat hij geen vierkant zou kunnen vormen. De Raad was wet, was daad, was vonnis. De drie functies van de Staat, wetgeving, uitvoering, rechtspraak – de aloude functies die ook voor hem golden – waren ondergebracht in één orgaan, de Raad. Maar dit orgaan bestond zelfs niet als zodanig, het bestond als Norm, als Handeling, als Beslissing.

De oppermacht van de Raad was zo onaantastbaar dat ieder zijn samenkomsten kon bijwonen, en er nimmer iemand kwam.

De Raad was één Norm, één Handeling, één Beslissing. Er was geen meerderheid in hem, hij was een eenheid. Hij was voor zichzelf streng met ijzeren consequentie: iedere minderheid die in hem ontstond werd geëxecuteerd. Aldus handhaafde hij zijn karakter van monoliet.

Wie in de Raad een mening wilde verkondigen besprak haar eerst met drie raadsleden. Aldus werd een mening steeds door vier leden tegelijk voorgedragen. Vond zij geen instemming, dan moest de mening onmiddellijk en volkomen worden afgezworen. Wie enige weifeling vertoonde werd uitgebannen en geëxecuteerd.

De Raad was voor zichzelf een opperste terreur. Hij werd eens in de tien jaren gekozen uit de bureaus, doch, al bleef hij tot zolang de oude Raad, zijn samenstelling onderging telkens tussentijdse wijziging door executie of krankzinnigheid. Het diep menselijke der doodsvrees, de voortdurende dreiging der doodstraf sloopte het verstand van wie niet stierf op het schavot.

Maar de Raad kende de leden niet waaruit hij bestond, hij was de monoliet, gaaf van samenstelling en ongespleten.

De bevolking moest, in mindere mate, zijn wat de Raad was in de perfectie: het staatsburgerschap was verknocht aan de primaire staatsideeën, het leven of althans de vrijheid slechts gewaarborgd aan wie ging langs de grote door de Raad getrokken staatslijnen.

De onderstromen die een eigen richting wilden, werden afgedamd. Staatsgevaarlijk was ieder die anders wilde. De gevangenissen zaten vol rebellen, de ergsten werden geëxecuteerd. Wie de Staat aanhing had het goed, wie hem afviel was zijn leven of vrijheid niet zeker.

Tal van malen had de Staat moeten optrekken tegen bewegingen van minderheden, in de laatste vijf jaar tegen twee.

Zij waren het Asymptotisme, een leer van pessimisten die verkondigden dat de lijn der volmaakte ontwikkeling nimmer zou samentreffen met de lijn der werkelijkheid, – en de Kosmogonie, die een nieuwe wereldorde van ongebreideld individualisme wilde telen in de bouwvallen der oude.

De bewegingen waren uitgeroeid, maar nieuwe ontstonden. De politietroepen, waarvan de uitgebreide organisatie de rust in de Staat handhaafde, hadden tot voornaamste taak het opsporen van onderstromen.

Zij hadden thans de beweging gerapporteerd van de groep-A. Men kende in bijzonderheden het karakter dier beweging niet, men wist slechts dat zij gericht was tegen het huidig staatsverband.

Die winteravond vergaderde de Raad in de strenge koude van de kleine zaal aan de lage houten tafel. Ieder stond vrij, in het volle licht, elk ander kon hem geheel opnemen..Enkelen hadden papieren voor zich met aantekeningen.

Mannen en vrouwen waren eender gekleed, in zwart met rood. De vrouwen droegen broeken als de mannen en hadden het haar geknipt als dezen. De mannen waren glad geschoren. Het gelaat glad te scheren was staatsdracht. Alleen in de gevangenissen kon men het haar laten groeien naar believen. In de gevangenissen was meer persoonlijke vrijheid dan daarbuiten.

De vrouwen waren van de mannen onderscheiden door zwakker, maar harmonischer bouw, en reiner stemgeluid. De tien koppen waren een verrukking voor het oog. Enigen hadden in hun blik de weerschijn van de waanzin.

De Raad besprak de groep-A. De woorden braken als ijspegels in de vorstkoude der raadzaal. De Raad besloot unaniem tot verdelging.

In de stadskern kwamen die winteravond enige leiders samen van de groep-A. Op de zolder van een hoog, vervallen huis. Op een smalle zolder. Door de dakvensters zag men over de stad. Dunne nachtnevel beperkte het uitzicht. In de verte vlamde het vliegveld. Zijn zestien vierkante lichtzuilen schraagden het oneindige.

Er was op de zolder geen licht. Er was een wijle stilte. De wind bereed licht het dakzadel.

Een zei:

'De beweging raakt, als alle grote bewegingen, uit handen van de leiding. Zodra de bevolking haar overneemt kan de leiding zich terugtrekken. Wanneer zij haar doel heeft bereikt kan de leiding haar kanaliseren. Ik schat onze aanhang op het ogenblik op zeker vijftigduizend. Hij neemt toe met de dag. Ons werk is gedaan.'

Een ander zei:

'Als de beweging niet slaagt is ons lot beslist, maar bang ben ik niet.'

Een ander, een vrouw, zei:

'Wat willen wij eigenlijk? Ik stel deze vraag alleen om het genot te kunnen vragen in een Staat waar niet mag worden gevraagd door volwassenen, behalve in de rechtzalen. Want vragen heet hier twijfel, en openbare twijfel bergt, zo zegt men, in zich de kiem van splijting.'

Een ander zei:

'Wat wij willen is een verzoening van Staat en persoonlijkheid. Gelukkig is hier alleen de mens, die geen mens is, maar cel van het staatslijf. Als cel kan hij voldaan zijn, als mens lijdt hij gebrek. De ergste opstanden zijn die van de honger.'

Een ander zei:

'Maar wij willen geen opstand. Wij zien in wat men hier reactie noemt een evolutie. Op het vruchtbaar substraat van deze gemeenschap willen wij een nieuwe differentiatie verbouwen. We willen het zich zelf rustig laten ontwikkelen. We zijn volstrekt niet staatsgevaarlijk. De mens hier is wel mens – in zo ver ben ik het niet eens met mijn voorganger –, maar niet compleet. We willen hem compleet, we willen zijn dualiteit. We hebben tal van postulaten, voor ons allen zeker niet geheel dezelfde, maar we hebben één gezamenlijke eis: het recht op kritiek.'

Een ander zei:

'Kritiek heet hier splijting. Het zij zo, maar dan alleen in de zin van celdeling die nieuwe opbouw mogelijk maakt. Deze Staat is versteend, of, beter gezegd, hij is een machine, perfect, maar dood.'

De eerste zei:

'De Staat is bij lange na niet perfect als machine. Hij rammelt van zijn eigen absurditeiten. Of wat te zeggen van de tentoonstelling van de doden? Is dat geen heldencultus? Nu ja, de doden zijn ongevaarlijk. Maar blijft het geen concessie? En waarom werpt men de mensenlijken niet als voedsel voor de arenden? Waarom begraaft men ze, staande nog wel? Is dat geen erkenning van de individualiteit tot in het graf?'

De derde zei:

'Nu heeft mijn voorganger gevraagd. Ik wil nog vragen: Kan men hier te goeder trouw menen een Staat voor de eeuwigheid te hebben gesticht? Leert men dan niets van de geschiedenis? Maar het is waar, men kent hier de geschiedenis alleen als een resumptie van het voorbije, als een overwonnen standpunt. Hoe dom is eigenlijk dit begaafde volk, te menen dat wat vijfduizend jaar lang in allerlei kleur en vorm is verschenen nu voor honderdduizenden jaren zou vastliggen in één kleur en één vorm.'

De zesde zei:

'Dit begaafde volk zou heel wat begaafder blijken wanneer men de persoonlijke eerzucht een kans gaf. Wij, die onze geleerden en kunstenaars niet mogen kennen, komen, na hun eerste roes van zelfverloochening, ten achter bij het buitenland. De tekenen zijn er al dat onze geleerden en kunstenaars moe raken van de prikkel der ijdelheid te missen. De faam is de sympathicus van de vooruitgang. Dat wil men in een Staat die de historie afzweert niet weten.'

De eerste zei:

'Het ergste is dat men de mensheid, die in theorie de hoogste uiting van organisch leven heet, praktisch alleen maar erkent als kudde. Om haar mak te houden vond men de fictie van de mensheid als eigen organisch geheel. Men is begonnen de dorpen af te schaffen, men zal op den duur de steden willen afschaffen en de gehele staatsbevolking willen onderbrengen in één stad als één stal. Wanneer dit lukt zal men het unieke verschijnsel zien van één om uitkomst blatende massa. En wat is die uitkomst? Het andere. Men kan het in de stal warm hebben en overvloedig van voer, maar de mens is daarmee niet gelukkig. Hij wil altijd weer het andere.'

De tweede zei:

'De mensheid is een geboren ontdekker. Zij deed een ontdekking, de vreselijkste van alle tijden: zij vond de eindigheid van het heelal. Zij schafte God af. De astronomische maat werd tot niets. En de mensheid die een idool moest hebben nam zichzelf. Dit idool geprojecteerd in het abstracte werd de Staat. Maar als in het heelal geen ruimte is voor God, omdat de mensheid het heeft doorzocht, zoek ik God buiten het heelal. Dit heelal is ruimtelijk en tijdelijk, dat staat nu wel vast. Dit heelal kan niet anders dan klein zijn omdat wij zijn structuur hebben ontdekt. Maar wij kunnen het grote geloven. Mijn geloof is gegroeid. Mijn geloof is dat het heelal buiten zintuiglijke waarneming verbonden is aan andere heelallen tot een nieuwe eenheid in vierde dimensie, en deze weer aan andere en zo tot in het oneindige en onbegrensde. En dat is misschien God.'

Zij spraken tot het dag was. Zij waren zich bewust niet buitengewoon te hebben gesproken, maar louter menselijk. Zij hadden herademd. De hekken van de stadskern waren open.

DE EXECUTIE

Het staatsmechanisme was volkomen, maar in zijn perfectie lag zijn kwetsbaarheid. Vijfduizend opstandelingen konden de Staat doen wankelen, vijftigduizend konden hem doen vallen. Iedere rebellie leidde daarom onverbiddelijk tot terreur. De groep-A – was haar naam een symbool? – werd uitgeroeid. Vele onschuldigen vielen met haar. Er was een tuighuis geplunderd, maar de overheid bezat de beste wapenen. De opstand was door de vervoermiddelen te lucht overgeslagen naar andere steden, maar, als immer, in de hoofdstad het felst.

De Raad kende geen pardon. In een land waar ieder gelukkig kon zijn was het anders willen een overtreding, het anders doen een misdrijf. Ook het instinct sprak, het oligarchisch instinct. De Raad voelde altijd het uiterst labiele van zijn evenwicht. De massa-vervolging zou het verstevigen. De Raad had de opstand voorzien aan meerder gebruik van de tunnels, aan vermeerderde vraag naar verkeersinsignes, aan intensiever personenvervoer te lucht – verschijnselen van onrust. De Raad was doorkneed in sociale vulcanologie.

De diepte waaruit de opstand bij het individu kwam gaf hem vaart, het gebrek aan organisatie willekeur. De overheid deed met het laatste haar voordeel. Zij was één, en zij had geleerd van het verleden.

Het oorlogstuig was verbeterd, maar in wezen weinig onderscheiden van vroeger. Het gas had zich onmogelijk gemaakt door zijn volmaaktheid. Staal en vuur bleven.

Treinen van pantserauto's, aaneengekoppeld, reden door de stad en legden alles neer wat zich vertoonde. Na de eerste rondgang waren de straten als korenvelden na hagelslag. Na de tweede ronde waren er alleen bloedvlekken. De twintigduizend doden waren inmiddels mechanisch bijeengeschoffeld en weggevoerd. Na de derde ronde waren de bloedvlekken weggespoten door slangenwagens met kokend water. Op enkele bedreigde punten werden de bewoners samengedreven in de binnenhoven en gefusilleerd.

In één woonkwadraat van de hoofdstad stuipte de peristaltiek van de opstand hardnekkiger na. Een kordon werd toen getrokken. Een klein eskader van de oorlogsvloot, midstrooms gekomen een eind buiten de stad, beschoot het zeer nauwkeurig met een dozijn brandbommen. De daar verborgen munitie ontplofte. Het kwadraat brandde met de grond gelijk. Midderwijl werd ieder afgemaakt die zich vertoonde. De politietroepen gebruikten springkogels. Mensen die zich brandend uit de vijfde verdieping stortten werden nog in hun val aan stukken geschoten. Zij kwamen neer als lege hulzen, hun ingewanden na hen. De worm was dood.

In andere wijken maakte men gevangenen. Enkelen, bekend als aanstichters, werden behoedzaam gegrepen gelijk kostbare pelsdieren. Men schond hun pels niet.

De Raad bestuurde de demping vanuit de kleine zaal. Hij kwam niet buiten. Hij sliep niet.

De tweede dag kon reeds het eskader zijn ankerplaats opzoeken. Het verbod de woning te verlaten bleef nog drie dagen gehandhaafd. In deze vijf dagen had de bevolking niets te eten, niets te drinken, en leed koude. Ook de Raad at noch dronk, leed koude en sliep niet. Twee van zijn leden werden krankzinnig en onmiddellijk uit de Raadreserve vervangen. Voedsel-, water- en warmtetoevoer waren op bevel van de Raad afgesneden. Een dunne sneeuw viel over de bevroren stad. Enkele stoutmoedigen waagden het op de binnenhoven hun lippen aan de sneeuw te bevochtigen. Ontzaglijk was opeens de kindersterfte, maar geen lijk mocht worden buiten gebracht.

Radiofonetische bulletins van de terreur in de hoofdstad maakten de andere steden direct mak.

De tweede, derde en vierde dag was er in de stad van twee miljoen geen enkel geluid. De vijfde begon vanuit het centrum een gedonder als een beschieting van zware artillerie, vergezeld van dreunende stortingen. Niemand begreep het, allen waren van de buitenwereld afgesloten. De politietroepen gingen, viltgezoold, onhoorbaar, onophoudelijk. De lucht boven het centrum, de lage grauwe lucht, begon rood te zien. De sneeuw viel dikker, de sneeuw zag rood.

De Raad haalde de hele stadskern neer. Hij zag in deze de eigenlijke haard van de opstand, ernstiger dan zijn voorgangers. Het historisch museum werd elders ondergebracht. De kern werd neergeschoten, neergebrand, neergeramd, het puin met de grote oorlogsschoffels in de gracht geschoffeld.

Het werk duurde die nacht. Elektrische lichten op allerlei hoogten maakten het stadsgat, dat de kern was geweest, tot een stuk dag. Tanks sproeiden kokend water. De sneeuw smolt allerwegen. Buizen spoten het zand, walsen rolden het glad. Fijne steen werd gevloerd, en het asfalt ging er over in lange lappen, in banen van verschillende kleur. De walm dampte machtig over de stad. Te vier uur 's nachts was het plein nog gloeiend, te vijf uur koud, te zes uur ijzerhard. De sneeuw had opgehouden. Water en warmte werden weer in de woningen toegevoerd. Te acht uur kreeg de bevolking bevel het werk te hervatten. Het eten zou eerst in de namiddag worden verstrekt. De bevolking, matig maar stevig gevoed, kon dit nog doorstaan, nu de dorst was gelest.

De stad begon haar leven van vroeger, maar in het midden was een onafzienbaar asfaltplein. In het vernietigd kwadraat werd verwoed gewerkt aan herbouw. De woningen, op hun oude betonnen fundamenten waren al weer uit de grond tot de tweede bintlaag.

Het Kernplein, haast rond, lag vreemd, een anomalie, in de stad van kanten, hoeken, blokken.

Vijf leiders waren levend gegrepen. Hun proces ontrolde zich in de grote rechtszaal. De Raad van tien zat als rechter. Hij zat diep, als in een kleine arena, en de duizenden hoorders, bij loting aangewezen, stonden oplopend tot huishoogte om hem. In de zaal was de enige die zat de Raad. De Raad mocht nergens zitten dan hier. Vonnissen was de subliemste uiting van staatsmacht. De Raad, rechter, in zijn subliemste functie, zat.

De oude rechtszaal was nog rond, maar aan haar verwijding tot vierkant werd gearbeid. Tijdens de zitting klonk flauw het gehamer daarbuiten door haar muren.

De Raad vroeg, de verdachten antwoordden. De procedure duurde vier uur. De Raad, onmiddellijk rechtsprekend, veroordeelde de vijf tot de kogel. Er was beroep noch gratie.

De executie had tien dagen later plaats, op de vrije dag der bevolking. De veroordeelden gingen strompelend naar het schavot. Hun ogen waren afzichtelijk. Men had de oogleden afgesneden, dan de ogen bestraald met een kwartslamp van groot vermogen. Zij waren na tien minuten stekeblind. Onder hen was een vrouw.

Hun blindheid maakte hun gang deemoedig en hulpeloos tussen hun wachters, langs de straten zwart van kijkers, die hen volgden. De Raad had hen verminkt om hen boetvaardig te doen zijn. Zij waren boetvaardig.

Zestig treden hoog, voor allen zichtbaar, stond aan één zijde van het Kernplein het schavot. Het was uit beton gegoten, met een breed platform en een kleidam aan het einde. Ter zijde op het platform stonden twee mitrailleurs.

De vijf werden tegelijk geëxecuteerd. Hun kaken waren op elkaar gesnoerd. Hun blinde ogen lekten van bloed. Hun aanblik was weerzinwekkend. Maar op het laatste moment, toen zij voelden dat de mitrailleurs zouden spreken, kregen zij een flits van iets groots. Zij richtten zich op in volle lengte. Eén slaagde de hand te heffen, halverwege. Zij vielen neer. De mitrailleurs speelden nog even. De kogels werkten zich vast in de klei.

Zij waren: Glüschaint, De Marcas, Tannenhof, de vrouw Tekalopte, Ypsilinti.

De vlakte van asfalt, half volgestroomd, keek stil.

DE VREUGDE

Met overwerk werden de verloren dagen herwonnen. Ook de kleinste vermindering in de voorraden van de Staat leidde tot extra arbeid. Eén vrije dag viel uit, op andere werd tien, twaalf uur, in plaats van acht gewerkt.

Maar de Raad begreep dat niet enkel straf en meerder werk het contragewicht konden zijn van de staatsgreep. Hij stuurde aan op ontspanning. In een groots feest erkende hij de ernst van de opstand. Het had plaats op de derde vrije dag, een dag in februari.

Het was een dag van vorst en helderheid. De zon scheen schitterlichtend, gloedloos. De wind kwam in grote ijsvlagen open, eerlijk. Het gras in de parken was bros bevroren. De hoofdstad vlagde rood in het winterlicht.

Er waren drie feestelijkheden: de raket, meteoriet, de luchtspiegeling.

Het interlokaal verkeer in de Staat was luchtverkeer, en dit in hoofdzaak goederenverkeer. De voortreffelijke wegen werden belopen, nooit bereden dan door het oorlogstuig. De dijken der spoorwegen waren in landwegen voor voetverkeer herschapen. Het vliegverkeer, met helikopters en luchtschepen, ging dag en nacht door. Ieder kon binnen de landsgrenzen vrij reizen op verkeersinsignes. Er werd in tijd van huisvrede weinig gebruik van gemaakt. Men had schier alles in de eigen stad.

De raketten waarmede men buiten de atmosfeer geschoten werd waren te duur in gebruik om populair te kunnen zijn. Ondanks zijn tragere gang handhaafde zich het atmosferisch verkeer. De raketten waren aangewezen voor het interplanetair, welhaast het interstellair verkeer. Vanuit raketten was de achterzijde der maan in kaart gebracht, met raketten waren Venus, Mars en tal van asteroïden omkringd, Jupiter en de andere planeten der buitenste groep benaderd, en van Saturnus de ring doorboord.

Vele raketten keerden niet terug, een had bijna vijf jaar gereisd en de zon gefilmd als een ster.

Ditmaal zou een raket een reis ondernemen van afmetingen als nooit tevoren. Er was lucht en leeftocht voor acht personen voor honderddertig jaar. Het waren vier jongemannen en vier jongevrouwen door loting aangewezen. Men verwachtte dat eerst het derde of vierde geslacht kon terugzijn, want men moest vroegtijdige sterfte voorzien. De baan was drie jaar lang zorgvuldig berekend. De reis zou die dag aanvangen. De raketwerper stond opgesteld in een betonnen kazemat, vijftig meter onder het aardoppervlak. Wie de afreis zouden bijwonen waren door het lot aangewezen.

De meteoriet was ruim dertig jaar geleden neergekomen in het noordoosten. Een ontzaglijke lichtstraal bij helle dag als een breed krijtwit bliksemlint uit onbewolkte hemel had de aanschouwers evenzeer verbijsterd als het opvolgend diepe gedreun dat de aarde deed kraken. Het licht maakte honderden blinden, maar onder de mensen verder geen offers. Drie kudden rendieren, elk van meer dan duizend stuks, werden spoorloos vernietigd. De meteoriet boorde zich een tunnel van zeshonderd meter diep in de aardkorst. De hitte deed bossen op een afstand van twintig kilometer van de valplaats in vlammen opgaan. De eerste jaren was de meteoriet tot op nog geen dertig kilometer te naderen. Een hele provincie, spaarzaam bevolkt overigens, werd afgezet. Luchtfoto's wezen iets ontzaglijks uit, als een planeet die in een planeet gedrongen was. De lucht bleef van hitte trillen. Een gordel tropisch gewas schoot op, en stierf van lieverlede weer af. Na vijfentwintig jaar kon men de meteoriet enigszins onderzoeken. Het gewicht werd geschat op zeven miljoen ton. De gave, wier enige fout in haar bolvorm lag, bestond uit ijzer, nikkel, enorme massa's glas, chroom, vanadium. Het was het grootste geschenk, ooit ergens gebracht. De Staat, van dat ogenblik, met een naïeve natuurreligie, beschouwde zich als uitverkoren.

De grond rondom was de laatste jaren weggegraven. De meteoriet lag nu in een trechter met deels steile, deels glooiende wanden. De waardeloos gebleken smeltwrat, nog heet, werd op verscheidene punten doorgáát, het lichaam lag bloot. Het was althans voldoende gekoeld voor eerste ontginning. Zij zou die dag aanvangen.

De luchtspiegeling was een kunstmatige, alleen te verwekken bij heldere hemel of hoge bewolking. Zij was televisie op het beginsel van fata morgana, een bioscoop bij daglicht, door de grootste mensenmassa's goed waarneembaar. Bij cirrus ging de zichtbaarheidsafstand tot zestig kilometer van de plaats van handeling, bij onbewolkte lucht over tot duizend kilometer. Men zag nauwlettend toe dat het beeld niet viel buiten de landsgrenzen. De plaats van handeling werd zo centraal mogelijk gekozen. De luchtspiegeling was door gebruik van zeldzaam gas een zeldzaam vermaak.

De luchtspiegeling bracht een vuurwerk bij dag over, een vuurwerk van gekleurde gassen, die, weinig vatbaar voor wind, reukeloos, onschadelijk, werden opgebouwd boven de grote rivier, eerst tot een enkel geel blok, en dan door aanvlijing van andere blokken, in violet, purper, ultramarijn, tot een stad van blokken, de blokken van de stad der toekomst, het nieuw-Jeruzalem van deze Staat. Het visioen duurde bijna twee uur.

Voor de ontginning van de meteoriet waren de toeschouwers weder bij loting aangewezen. De rest der veertig miljoen kon de luchtspiegeling volgen, in alle delen van het rijk. Het trof dat alle leden van de Raad tot die rest behoorden.

Te dertien uur ging de raket, onzichtbaar aanvankelijk in een vuurbaan, en met diepe, maar draaglijke losbarsting. Dan zag men, tienduizenden meters hoog, nog tweemaal een vlam spelen. De raket was weg.

Bij vloedlicht aan de rand van een onafzienbare krater werd in de diepte de meteoriet aangeboord. Een vierkant stuk van zijn smeltwrat was elektrisch tot ontbranding gebracht als een modern vreugdevuur. Het vlamde niet, het gloeide helwit, gelijk gesmolten steen. De zon reikte niet tot daar. Het gloeide groot en vierkant in de schemering.

Met speelse en toch strenge fantasie werd op de stroom de stad van gas gebouwd, in strakke vormen, in tere kleuren.

De miljoenen zagen het aan. De miljoenen waren stil. De wind voer in eindeloze banen van vorstkoude over de landen, bergen, heuvelen, vlakten, wateren, over de ijsvliezen der poelen, over de geharde miljoenen.

Hun feest was enkel een feest voor het oog. Van oog of oor, van geen ander zintuig werd door de overheid feestelijke streling geduld, veelmin verwekt.

De dag liep ten einde. De arenden streken allerwegen neer. De lotelingen keerden huiswaarts met de vliegtuigen. De stad van kleuren verijlde. De groepen marcheerden naar de blokken, vlagoverwapperd, met lichte muziek en sterke zang in de aanwakkerende ijzigheid.

De hemel werd zwart. De zwarte hemelvloer lag volgehageld met sterhagel in alle korrelgrootten.

DE ZONDE

Het Kernplein lag bar, een meer van asfalt, gestold. Het schavot was opgeruimd. De bevolking bleef het mijden. Zelden stak een groep het over, de meesten bleven aan de kant, als bezeten van een collectieve agorafobie. Het verkeer was zo goed om de stadskern geleid dat het Kernplein overbodig was. Zijn ronde vorm stak in de ogen van de Raad. Een plan werd ontworpen, het plein afgepaald, bedacht met woonblokken, een nieuw historisch museum. In het midden zou een kleiner vierkant plein worden uitgespaard. Gegadigden voor de nog te bouwen woonkwadraten werden opgeroepen. Er was weinig aanmelding. Er was geen woningnood. De doelmatige bouwwijze der hoofdstad maakte centraal wonen niet bij uitstek begeerlijk.

De Raad, desondanks, was tevreden. De stadskern was een broeinest van zonde. Daarmede had men voorgoed afgerekend.

De Raad dwaalde. De zonde, zo oud als de mens, woekerde in het lijf van de Staat gelijk de flora in de darm.

De kleine constellaties, die gezweefd hadden door de krochten der vroegere kern, zag men terug aan de periferie. De mens wilde altijd besmuikt het kwade.

Er was geen invoer uit het buitenland, behalve op filmisch gebied. De films der kapitalistische maatschappij waren een lering. Men ruilde ze tegen eigen films. Men vertoonde ze met onderschriften van waarschuwende demagogiek.

Er was geen geld, er waren geen winkels, er waren geen dingen van weelde, tenzij in het historisch museum, streng bewaakt door gestraften. De bevolking werd gerantsoeneerd. Toch waren er de ondeugden, geld, juweel, lekkernij, drank, spel, ontucht.

Het was onuitroeibaar als de flora van de darm. De politietroepen verrasten herhaaldelijk, de straf was streng, de kerkers zaten vol, de ondeugd bleef.

Het geld was goud, uit alle landen van de wereld. Het waakzaam schildwachtkordon kon niet verhinderen dat het over de grens rolde. Er moest corruptie bestaan, maar zij was niet te ontdekken.

De Raad toornde tegen het kapitalistisch buitenland, dat druppelsgewijs het gif der corruptie uitgoot over een weerloos volk. De Raad toornde echter niet te openlijk. Het was gevaarlijk de bevolking met nadruk te wijzen op haar vatbaarheid voor de kiemen van de zonde.

Het ging met het andere als met het geld. Er was een uitgebreide sluikhandel in juwelen en reukwerk. Zeer gezocht waren alexandriet, aquamarijn, hyacint, spinel, – de witte robijn, de witte saffier, – de zeldzame eenkleurige oosterse smaragd, de bruine diamant, de darmsteen van de potvis.

Goud en stenen waren de inzet van hoog dobbelspel. De politietroepen zochten een tafel van regenboogkwarts waaraan gespeeld werd, een tafel geheimzinnig beroemd. Zij traden overal binnen. De tafel was onvindbaar. Maar zij bestond. Haar mededingster was een tafel van heliotroop, gelijk beroemd, gelijk onvindbaar. Er werd wel eens de hand gelegd op wat goud en wat stenen. Het goud werd versmolten, de stenen werden verbrand, maar nieuw goud en nieuwe stenen kwamen.

Er was nooit openbare dronkenschap. Toch werd er gedronken, tot het verderfelijk absint toe. En zelfs werd een gedistilleerd ontdekt uit artemisia, vermouth-achtig, heet als de hel, verwekker van steriliteit.

De prostitutie om goud en juwelen, absint en vermouth bloeide. De mens reageerde op de druk der overheid. Hoe leidzaam dit volk ook was, men deserteerde. Er liep sap uit de naden van het te krachtig geperste druivenvat.

Het personenverkeer in de stad over lange afstand geschiedde als het goederenverkeer, ondergronds, in brede tunnels, over transportbanden van tien verschillende snelheden. Vroeger hadden hier de monorailgyroscooptreinen gelopen. De tunnels waren verwijd. Er was nu plaats voor een elfde en zelfs een twaalfde snelheid van honderdvijftien kilometer. Men had ze nog niet aangebracht. Bij de vijfde snelheid waren de banden bezet met windhuisjes, bij de achtste met kleinere stormhuisjes. Voor de elfde en twaalfde had men heel lage orkaankokers uitgedacht. Ze waren nog niet nodig.

Het overspringen op de banden van grote snelheid onderling vereiste een beslistheid waarin de kinderen reeds jong werden geoefend. Wie aarzelde liep gevaar door de luchtstroom te worden neergeslagen. Overdag op een bepaald uur waren de transportbanden vol kinderen die de hele stad doorreden en daarin hun spel hadden. De kinderen hadden nog één speeluur van volkomen vrijheid. De Raad was voornemens het af te schaffen.

Het verkeer ging dag en nacht door, maar volwassenen maakten er spaarzaam gebruik van, en 's avonds en 's nachts was het leeg in de tunnels. Zij dienden dan het kwaad. Overdag eerzame huisvrouwen zochten verre stadsoorden op, behingen zich daar met juwelen, en leenden zich tot ontucht in verlaten huizen, in binnenhoven, in parken. Zij flonkerden als vuurvliegwolken, zij lichtten als geestverschijningen. Politietroepen, gealarmeerd, zochten hen tevergeefs. Niemand wist waar zij thuis hoorden in de uitgestrekte stad. Daags daarop waren ze de correcte huisvrouwen. Een was befaamd om een ontzaglijke roestrode granaat, die zij droeg op haar keel. Als zij langszweefde leek zij een spook met een dolkgat in haar strot vol gedroogd bloed. Men kende haar niet. Men zeide dat zij de vrouw was van een lid van de Raad.

Toen één kwadraat in de tijd van een week bijzondere beruchtheid verkreeg, werd daar de verlichting aanzienlijk versterkt. Dit had het nadeel dat de slagschaduwen zwaarder werden. Het kwaad tierde er schaamtelozer, als gewormte pal onder het oppervlak van vette aarde.

Aan hun juwelen hadden zij weinig, aan hun goud niets. Maar het was zoet de zonde te bedrijven, een individu te zijn. Zij het niet hoog lichtend boven anderen in het opene, dan toch diep en vals lichtend in het geheim.

DE WAPENSCHOUWING

De Staat was in laatste instantie militair. Iedere vierde vrije dag werd besteed aan de wapenhandel. Mannen en vrouwen waren weerbaar. Zij vormden eigen legioenen. Viermaal per jaar, in ieder seizoen eens, waren er vijfdaagse manoeuvres. De bevolking was tot de oorlog immer paraat.

De tijd van tersluikse, maar verwoede propaganda in het buitenland was voorbij. Het buitenland bleek niet rijp. De Staat sloot zijn grenzen en sloot zich daarbinnen hooghartig op. De Staat had de wereld niet nodig, maar de wereld keek naar de Staat en achtte zijn geduchte wapening bedenkelijk. De staatsdenkbeelden gistten in de ingewanden der naburen met klein gerommel van slecht verteerde spijsbrij. De Staat was een standvastig gevaar voor het endocrine evenwicht der wereld.

Wederkerig zag de Staat het buitenland als een gevaar, en nu en dan sabelrinkelde hij.

In maart gaf hij groot vertoon van kracht. Het buitenland moest zijn klauwen zien, zijn keel horen.

Er was ook binnenlandse onrust. Het nutteloos reizen was weer aangevangen, de helikopters en luchtschepen zaten dikwijls vol, de transportbanden vervoerden macht van mensen. Het krachtsvertoon zou hen kalmeren. Het kon niet, een tweede opstand in één jaar. Het kon niet, het climacterium der staatsorde reeds thans.

Een straffe dag in maart. De lucht vol hagelwolken, zwart, geel, en scheuten koude zon. De wind, vol vlagen natte kou, pal noord. Onweers timmerden telkens de heuvelpauken aan de einder, en gingen op in regenbogen.

De laatste dag der voorjaarmanoeuvres. De Staat gaf een wapenschouwing grootser dan in tientallen jaren. Alle beschikbare militaire macht was om de hoofdstad samengetrokken. Ten zuiden van de stad, op de enorme stroom, voer de vloot. Het beeld der wapenschouwing werd door luchtspiegeling desbewust over de grenzen geworpen, ieder wak in de wolken benut.

Het oorlogstuig was verbeterd, maar in wezen weinig veranderd. Er waren twee belangrijke wijzigingen. De chemische en bacteriologische oorlog had door zijn uiterste gevaarlijkheid voor de hanteerder van zijn wapens zich overleefd. Dit was het ene. De andere was de mobilisatie der strijdmiddelen. Er bestonden geen forten, geen vaste verdedigingswerken sinds het geval van het duikslagschip L.E.I. Dit had zich door een zandige strook een koker geboord van kilometers, tot onder een kustfort, en had het, tegelijk met zichzelf, opgeblazen.

De stroom, onafzienbaar, was tussen zijn golven beaderd met brede rimpels, waar de schepen gingen onder zijn oppervlak, als een meer vol krokodillen. De grijze massa's doken op en verzwonden. Waar er twee, zonder veel schade, botsten spoot het water torenhoog. Zes slagschepen in lijn joegen de rivier op, elektrisch bewogen, en plonsden weg in stortbaden van schuim.

Regimenten helikopters vlogen op alle hoogten als een trek van vogels in alle richtingen. De schaarsere luchtschepen gingen elk een eigen baan, de '4' stak reusachtig tussen hen uit. In een loods stond een nieuw luchtschip in de binten, de '6', groter nog.

De kinderen en de ouden keken van de platte daken der hoofdstad in hun kleding van zwart met een rode band.

De lucht raderde van de motoren, de schoten basten. Het oorlogstuig had zich nog niet stom kunnen maken. De zon kookte over op de flanken der luchtvogels met een gloeiende koude. En dan weer slokten hen de zware hagelwolken in. De kinderen en ouden, gegeseld door koude en ijs, bleven kijken. Een klein plaatselijk onweer, rechts in de vlakte, timmerde driftig aan een regenboog, maar kreeg de stukken niet aaneen.

Te land gingen de troepen. De oorlogsdracht was grauw wit, met helmen van aluminium. Op de schepen zag men niemand, maar de aarde wriemelde van groepen. De grauwe vierkanten en rechthoeken trokken snel heen en weer. De kanonnen van allerlei grootten gingen voorop. De grootste soort schoot geen projectiel, maar een kanon, en dit weer een kanon, en dit een projectiel. Er waren boorwagens, die zich in de grond boorden met een bezetting van twintig man. De boor ging door alles, maar nog niet door graniet.

De troepen gingen fel en fier door de zon, de hagel, de hozige wind. Soms in de zon glansden de hagelstromen als stromen graan.

Het land was overspreid van een enorme bedrijvigheid. Maar wild was het spel op de stroom met de schepen als dartele rivierpaarden uit de voorwereld.

De Raad, vanuit een gondel van 4, zag het bedrijf aan. De 4 vloog langzaam over het geheel. De blikken der tien gingen ver. En zij zagen dat wat ordelijk scheen hier en daar de kiemen van wanorde bloot legde. De vierkanten en rechthoeken waren van boven bezien niet alle onberispelijk als vroeger. Ook boven hen, de eskaders te lucht, toonden oneffenheid. En wild, te wild somwijlen, was het spel op de stroom. Daar, in de verte, ontplooide zich een regiment in een boog, en een ander, heel ver weg, trachtte een cirkel te vormen.

De tien zagen het. Zij zagen het of zij van grote hoogte het beloop zagen van onderaardse wateraderen in het alluvium. Zij zagen de wanorde in wording, de splijting, de celdeling. Het was er gering nog, maar onmiskenbaar.

En toen, neerkijkend, zagen zij aan een nieuw bouwblokdak van het Kernplein het begin van een koepel als de eerste borstzwelling van een vrouwelijk kind.

De dag had een eind. De vliegtuigen vervoerden die nacht de miljoenen, mensenzeeën stroomden over het vliegveld tussen de zestien strakke lichtzuilen. De vliegtuigen namen massa's op en gaven massa's af. Er was drukte, gedrang, gezang, en aanvang van lach. Er was onrust.

En in de anders leeg tochtende nachttunnels, met hol geglij der transportbanden en enkele ver weerkaatsende stemmen, was het rumoerig ongekend onder de oneindige gewelven, met mensen in zwart en rood allen, maar joelend, schreeuwend, dringend, op de grens tussen spel en strijd. En deze menigten, heet van hun rusteloosheid, bleven onderaards rondschijveren, voortslieren in alle snelheden, tot de nieuwe dag doorbrak, vorstkoud, rulrood, staalhard.

KNORRENDE BEESTEN

Voor mijn vrouw geschreven
deze roman van een parkeerseizoen

PARADE, PIER, PARK EN BEESTEN

De ondergaande zon der hondsdagen zette de kust in een machtig rood. Het rijkelijk bluswater der zee doofde dit trots tafereel. De nachthitte hing op het land, en de dikke zilte geur van de zee, het parfum van een zware vrouw die ruist in ondergoed van zij.

Hoog kalkig scheen de parade in lange lijn, van Rigel tot Regulus, en verder tot de haven en de blinde dolkstoten van de vuurtoren. Daarlangs de kleine duistere bars, broeis geflonker van kleur en geteem van muziek. Hoger de golvende promenade, en hoger weer de terrassen met de hotels, Rigel, Beteigeuze, Mizar, Regulus, en daarin gevat het kleine uiterst selecte blok van Alcor.

Het verkeer op de parade wemelde, zijn toon was beschaafd. Het groot gerucht kwam van de pier.

De pier stak een arm en een vuist ver in zee. Ook daar wemelde het, in een eenvoudiger feestelijkheid. De pier had zich overwelfd met een berceau van roze gloeilicht. Het grote eindcafé trok zijn burgerlijk silhouet in roze lichtlijnen na en herschiep zich tot een onbeholpen fantasmagorie. Het water weerkaatste het roze in gerekte deining. Een maritieme kanonnade gaf het slagwerk van de militaire kapel. Er werd geroepen, gezongen, gedraafd.

In de keten der kleine bars van de parade was de parkeerplaats een breuk. Aan de ingang was de garage en de service, dit woord in bijtend zilverlicht vóór de muur, dan de effen matheid van het plein van betontegels, afgesloten door een rechte steenwal, waarboven de promenade door een peristyle. Aan de verre andere zijde de kleine stenen cilinder van de parkwachter. Het park lag in het halfduister, zonder eigen verlichting, zijdelings beschenen door het booglicht van de parade.

Het park was vol van kleine, stille dieren. Hun eigenaars zochten vreugde op de pier. De tijd kwam nu van de weeldedieren. Zij liepen langzaam over de parade, met gedempte knorren van gevoede beesten, met het ritmisch namalen van juist passende tanden in een dichte snuit. De meeste hadden alleen de parkeerogen open,, wijd vaneen. Feilloos gedwee naar de wil van hun heer liepen zij de parkeerweide binnen. In een rustige kudde stonden zij naast elkaar. Zij sloten de kleine parkeerogen. Zij sliepen, gelijk de kleine beesten. Maar zij vormden een kudde afzonderlijk door edeler bouw, door rijkere glans op hun donkere huid. Hun spiegelglas glansde donker als heel diep, heel helder avondwater. Een enkele gaf door gedurfd lakwerk een hoger noot. Hun eigenaars zochten verstrooiing op de parade, in de bars en de danspaleisjes, de bizarre mengdranken, het vlijmen van de muziek.

Niemand keek naar de parkwachter en zijn gezellin. Bobsien, in zijn hemdsmouwen, stond voor zijn stenen cilinder, zijn pet naar achter, zwart zweethaar er onder uit, klein, gespierd, bleek, met vouwen van vermoeienis, het gezicht verspitst van de hitte. Zijn mouwen waren opgerold tot de ellebogen. De gespierde onderarmen over elkaar leunde hij tegen het lauwe steen. De hemel boven hem was weggeveegd door een dunne damp. Hij keek met kleine ogen in het zilverwoord service verweg. Zijn klein voorhoofd was overwoekerd van zwarte rimpels. Hij had niets te doen. Straks kwamen de fooien en de hete uniformjas. Naast hem stond het dweiltje Sofia Eufemia van Tinborn, klein, maar gelijk groot, een kind van de vissersslop aan de andere zijde der haven, waar het bloed bleek is en het vlees slap. Sofia Eufemia keek naar de vrouwen afgestegen van de zware wagenbeesten.

Ze vond het hier aardig. Ze was er veel liever dan in de garage, waar ze dweil was voor alles. Ze kon hier enkel kijken. De nachthitte hinderde haar niet. Ze keek naar de geschilderde gezichten en vooral naar de juwelen. Haar opoe had een bros met een komeet, zo'n fijn koppetje van opzij, – dat kreeg zij misschien later. Ze sprak niet met Bobsien.

Een arm zwaaide uit de garage met lange slag van ver.

Ze moest terug.

DE CLAUSTROFOBE

Rigel sloeg het morgenlicht reeds fel van zich af. De aanblik van dit compacte witte hotel verblindde. Beteigeuze, groter, maar losser van bouw, met bogen weifelend op de grens van het brosse, was zacht gekleurd tussen roze en geel. Verderop, met de kleur van een schimmel, Mizar, hoog steigerend, en tussen dit en Beteigeuze het selecte Alcor in roomwit. In het fronton van Mizar was een paard gehouwen, in Alcor een ruiter.

Van het terras van Alcor daalde een vrouw. Zij ging langzaam het met helm omboord tegelpad, dan de trappen naar de promenade. Onder de peristyle leunde ze even tegen de borstwering. Haar ogen gingen groot over de badplaats, het strand, de zee. Ze zagen niet veel. Die nacht had ze gerucht gehoord in de tuin en het raam gesloten. Toen werd haar slaap onrustig. De kwelling was niet verdwenen, maar minderde in de wijdheid. Ze zag beneden in de parkeerplaats haar blauwe wagen met het ivoren hart der zitting. De wagen was open.

Ze daalde de trappen af naar de parade, dan de trappen naar het strand. Het mulle zand werd al warm van de zon. Het strand was voor het volk dat er zijn papieren en schillen achterliet. Een enkele strandjutter woelde naar buit. Het was verder leeg. De zee ebde. Tot zover als zij die morgen gekomen was lag het strand donker en hard, overdekt met vonkend juweel van kleine tot de rand met water gevulde schelpen.

Lange zeetongen graasden strandvuil weg. De vrouw stond aan het water. Achter haar slurpte de zon de schelpen leeg. Toen zij verder ging was alle juweel weggesmolten.

Ze liep doelloos langs het immense korenbloemblauw tot het badterrein. De zee lag daar vol vlees, bijeengehouden door toeters en fluiten van wachtvolk. Door landwind en eb trokken muien, rechtstandig op de kust, gevaarlijk. Ze keek zonder veel te zien.

Ze liep terug, moeilijk door het heter zand, het heter trapgraniet, de blakerende parade over. Haar gezicht had nog niet het karmijn van de kunstblos, het was donker en bleek onder de open dwaze ogen.

Ze liep het parkeerterrein op naar de blauwe wagen. Bobsien had haar bemerkt en lichtte gedienstig de lappen zeildoek van de wielen. Ze stond met de hand aan het portier stil naast de wagen. De hand was van was, de nagels waren zorgvuldig gerood.

Haar ogen keerden zich, maar meden Bobsien steeds. Die vroeg zich af hoe lang de grap zou duren. Dan stapte ze in, en liet een geldstuk glippen boven Bobsiens vuile hand. Dan startte ze, en reed in een donder weg langs de parade. Het blauwe beest, na de eerste uitloop, knorde luid voldaan bij een bocht, stormend het land in. De vrouw die een slechte loopster was bereed haar beest met vervaarlijk meesterschap. Ze reed de grote heirweg van asfalt, de brede grauwe baan tussen de weiden. Geen wagen was snel als de hare. In de verte reeds klonk angstwekkend zijn donder. Het hete zittingleer was gekoeld in de wind, de storm had haar hoofd in zijn schroef, haar haar stond uit als een korte stijve vlag. De werkers in het land rustten om de razernij na te zien. De torens der verre stad schoten op tegen de hemel, de kim groeide vol van silo's en fabrieken. In het zicht van de brokkelmuur minderde de wagen ontzaglijk. Hij sloeg een landweg in, gemoedelijk waggeldeinend tussen de bomenrijen, een zwaar zwijn. Ze ging temidden van oogverblindend glasspiegelend terrein. Een eindeloze druiventuin volgeblikkerd met zonnespiegels. De hitte van duizenden zonnen stak uit de laagte. Het daverde door haar lege hoofd, ze reed voorzichtig. Dan hervond ze de heirweg en terug ging het in bulderende vaart naar de zee.

Op de parkeerplaats stond het beest nog even de afstand stil te herkauwen. Haar bloed ruiste in zijn mecanisme. Ze streelde gedachteloos het stuurrad. In het garagedonker keek Sofia Eufemia, zonder nijd, nieuwsgierig. Ze wist wat er in de wereld te koop was. Ze had een tante die zat in een lichtekooi. Dus dan hoefde je haar niks te vertellen.

De lange vrouw steeg uit. Haar loop was onzeker. Ze verdween bij de bars. Toen klom het meisje op de stuurplaats, en raakte het hart van het rad. Het beest knorde even in zijn slaap. De monteurs lachten. Bobsien, sloffend over het plein, grijnsde breed.

De meesteres, aan haar tafeltje, meende een moment vertrouwd geluid te horen. Haar aandacht spitste zich toe, maar ze hoorde niets meer. Het middagvuur liep over het paradetrottoir. Een korte branding sloeg lui. De parade was een stijlvolle leegte, de pier een lege ellende. De vrouw wier ziel zwak leefde in ontreddering behield aan de tafel een hoge houding. Ze roerde haar glas niet aan. Het werd zwart voor haar ogen onder het zonnezeil. De druk van een mijngang in brand lag op haar hoofd.

DE ZONDAAR

De gast van Mizar sleepte zijn getelde dagen naar een laatst avontuur. Hij was gekomen in een ploertige wagen van geel, vol koffers. Het beest raakte op als de baas, maar ze hadden samen nog lijn. Er knarste, er piepte iets in de edele delen van hun machine. Er waren knappingen in hun kogellagers, van zand, van suiker. Er was niet te lokaliseren bijgeluid. Een ongure ziekte boorde en treiterde door hun gestel.

De man was van de bergen, toen van de heuvels gekomen in de grote vlakten van hitte volgedaverd. Zijn chauffeur, gedrild in vrees, volgde de rauwe bevelen. De man zat op de achterbank, de magere harige handen wijd van zich af op zijn stok. Zijn bruine hand maalde de ramen omhoog. Hij had het koud. Zweet biggelde de knecht van de slapen, langs de oren.

De man op de achterbank keek naar het vliedend grasland, de eindeloze mallemolen der sloten. De hitte werd ook hem ondraaglijk. Er kwam stank van gas. Hij maalde een raam neer. De snit van zijn trekken was vorstelijk. De uitdrukking van zijn gezicht was ontzettend.

De wagen ging de heirweg, een stroom van lood door het land. De chauffeur liet hem uitlopen, met geweldig ontploffen. De wagen leed zwaar aan dyspepsie.

De man deed zich voorrijden voor het schimmelkleurig hotel. Hij steeg moeilijk uit. Zijn knieën strekten zich met pijnlijk geknap. Zijn ene been sleepte licht na.

De knecht bracht de wagen naar de service. De monteurs bekeken hem kritisch, doken onverschillig in de kap, onder het chassis. De knecht stond er wijdbeens bij, een vilder naast het afgedankt rijbeest. Een stinkende sigaret verkoolde aan zijn mondhoek. Hij schold op de oude knol. Man, vóór je die op gang had kreeg je grijze haren.

Hij was gauw eigen met de monteurs. Hij vertelde iets van zijn tocht en schold op zijn heer. Bobsien kwam er bij en Sofia Eufemia. Voor het groter gehoor maakte de knecht zijn stem gewichtig. Hij kreeg van zijn baas vier maanden loon. De kerel was kaal als een neet, en wat hij nog had dat verliederlijkte hij.

'Daar staat hij, kijk maar niet teveel,' eindigde de knecht.

Allen keken naar boven, ook de monteur onder de chassisbalk. De man stond juist boven hen, op de promenade, en keek door de peristyle neer op het parkeerterrein. Sofia Eufemia schrok even van zijn uitdrukking, want hij keek recht omlaag in haar ogen. Maar ze was hier veilig, ze herstelde zich, ze zei:

'Als ik zo'n gezicht had liep ik ernaast.'

Ze lachte, de anderen lachten. De chef-monteur zei tot de nieuweling:

'Die doet altijd maar half werk, behalve met haar mond.'

Het dweiltje liep ongenaakbaar weg, naar de vuile emmers achter in de garage. Ze nam een smeerstation hard onder handen. Bobsien drentelde tussen de nog schaarse wagens van de plaats, verlegde lappen tegen de zon op de banden. Hij plukte hier en daar een geringe fooi weg uit een portier, achteloos als de hovenier een dor blad.

De vreemde was de lucht te machtig. Hij klom de trappen op met een majesteit die de beursheid van zijn spieren verheelde. De ziekte begon zijn oogleden te verlammen, het een was lager gezonken dan het ander.

Op zijn kamer legde hij zich in een ruststoel. Visioenen van een helse erotiek bezochten hem.

Tegen het etensuur kleedde hij zich voor de spiegel. Hij was een grote mannenfiguur met de smalle lendenen van een mooi gebouwd man. Zijn machtige borstkast raakte in verval. Hij had zijn instrument in orgieën kapot gespeeld. Hij betreurde niets. Nauwkeurig verzorgde hij zijn voorhoofd.

Na het maal wandelde hij door de speelzalen. Hij zag aan een tafel bij een geopend venster een vrouw, van de soort die hij mooi vond, beschilderd, rustig, maar met ogen van verdwazing. Hij drong zich tussen de kijkers tot achter haar. Toen ze omkeek viel zijn blik als een zwaard in haar. Niet weg te blanketten lagen tussen de wortels van zijn dun vergrijzend haar de bloedige doornpunten der corona veneris. Men keek naar hem met afschuw, met ontzag, geboeid. De man speelde niet.

Op een avond, mistig van nachthitte, toen alle licht gefloerst brandde, liepen de vrouw en de man over de parkeerplaats naar zijn wagen. De vrouw schrok van de dichte wagen. De man die in zijn armen nog kracht had scheurde een portier open als de cipier de celdeur voor de gevonniste. De vrouw nam plaats naast het stuur en wielde snel een raam omlaag.

De wagen startte met het gieren van een fabriekssirene, reed schokkend weg. De vrouw klemde zich aan het portier. Ze schrok opnieuw toen bij een bocht de wagen bulkte, een oud dier in angst. Ze reden naar de stad die ros brandde aan de kim.

DE STRANDING, DE WALVIS

Eén dag heerste niet op de badplaats het geknor van de beesten, het gezond boers geboem van de pier, het gedegenereerd gefleem van de bars. Eén dag heerste de storm uit zuidwest. De zee kookte te zeer over de banken om veel stormlijn te bieden. Alleen bij de hoofdeinden der haven rees zij telkens in monumenten van schuim.

Een zandstorm sneed door de badplaats als een mes. De gasten en de parkdieren bleven binnen. Op Bobsiens terrein stond een enkele wagen te wiegelen op zijn veren, gevaarlijk lang. Toen de bestuurder rijden wilde was de wagen verzand. Bobsien kroop uit zijn stenen cilinder, de kraag op als in de winter. De lucht was droog, koud. Hij vorderde langzaam en stuurloos in de samoem. Maar de motor bleef weigeren. Met zes man werd de wagen in de garage geduwd, waarvan een deur even openging. Sofia Eufemia duwde kleintjes mee, zonder kracht. Haar ogen zaten vol zand. Ze spuugde spits het zand uit haar mond. Bobsien ging hoestend terug.

Over het harde platte strand reisde het zand langs witte lijnen. De zee had een boordsel van vuil schuim. Het ingewikkeld draagstuk van de pier was met noodverband van schuim ingezwachteld. De storm nam nog toe. Uit het orkest van fladderend geluid maakten zich twee standvastige tonen los, een diepe vibrerende laag uit de lucht, een hoge gillerige van het reizend zand.

De storm had de hondstijd verslagen. De lucht zag blauwer, de zon was koeler. De hotels hadden de storm doorstaan, maar van Beteigeuze was een warande versplinterd. De pier krielde van nieuwsgierigen naar het nakoken van de zee. Het orkestkoper bonsde boven alles uit. De muziek stuipte nog niet uit de bars.

Er was in de tweede nacht een schip gestrand, ten noorden van de plaats. De driemaster lag vlak bij de kust. Het volk had zich kunnen redden. Hij lag vast op de bank, zonder zeil, schijnbaar ongedeerd. Zijn want weefde een kunstig patroon tegen de lucht.

Iets verder lag een ander curiosum, wat grote brokken van een walvisgeraamte, de borstkas, een stuk van de kop. Het vlees was weggeteerd, het gebeente poreus als zachte zandsteen. Het geraamte moest jaren hebben rondgedreven.

Het strand was bespat met bezoekers. De hogen van de zeehotels en de parade en de nederigen van de kleine landzijhotels en de pier vonden elkaar zonder verachting bij het ongewone. Men stond te kijken naar het rotsvast zeilschip en berekende de afstand over de strook wilde zee. Het liet gelaten de brekers over zijn achtersteven spoelen. Dan had men nieuwe aandacht voor een boot met bergers uit de haven.

De walvis gaf groter vermaak, op het droge zand. De wind tokkelde er reeds de xylofoon. Men timmerde met stokken op zijn kaken, men begroette elkaar in de peristyle van zijn ribben. Ziende hoe bros hij was begon men hem af te breken. Hij was in een halve dag gesloopt. Men kwam op de parade terug met zakken bultig van zandig gebeente. Een kinderlijkheid was over alle mensen gekomen. Met ribstukken in de hand saamgeklonterd bij het schip wees men hoe de bergers het best konden naderen. Men bleef onbewust van eigen of anderer nautische gewaagdheid. Men berekende de afstand en sloeg honderden meters mis. Maar op de parade scheidden de voornamen zich dadelijk af, en meerderen ontdeden zich tersluiks van hun aandenken.

Bobsien, die morgen vóór dagkrieken gewekt, stond voor de taak het park te reinigen. Het was ondoenlijk. Tegen de muur lag het zand meters hoog, in de hoeken glooide een duin. Straatreinigers werden ontboden, het duin weggegraven. Met komende en gaande paardekarren was er enige uren de arbeid van een afzanderij. De dieren kwamen reeds toen Bobsien nog de hoeken verzorgde. De monteurs hielpen wat in de streek van de garage.

Bobsien zag het schip in de verte. Hij hoorde van de vis. Hij had geen tijd. Over zijn zwetend lichaam ging de uniform, op zijn klevend haar de pet. Hij stalde zijn beesten met overleg, hij zou met de ruimte moeten woekeren. De wagens der eenvoudigen kwamen als steeds het eerst. Ze waren hem liever dan de mooie der groten. In zijn vrije ogenblikken overdacht hij de eenvoudige leerstellingen van de klassestrijd. Hij kon niet simpel plezier hebben als Sofia Eufemia. Door zijn hersens dreunden zware woorden. Hij was socialist, hij potte zijn fooien, hij gaf thuis het hoognodige af.

Hij was sterker dan velen. Hij stond daar met zijn spieren en zijn zweet. De weelde ging aan zichzelf te gronde. De badplaats was een buil van bederf. Dat kon hij met staven bewijzen.

Hij liep weer voort. Zijn zweet was gedroogd. Hij hoedde de merende kudde. Hij hield een plekje open om het schip te zien. Een eigenzinnig drijver dreef er zijn dier in. Hij dorst niets te zeggen. Vanavond zou hij gaan kijken, dan had hij vrij.

De beesten stonden tam in de zachte zon. Hij ging naar de ingang en hield alles tegen.

'Achter de hotels. Hier is het vol,' zei hij, en was onverbiddelijk.

Met ontevreden geknor sjouwden ze weg.

In de namiddag kwam Sofia Eufemia, die vrij had, met een vriendin. Zij bleef voor hem staan. De vriendin liep verlegen verder.

'Het schip?' vroeg hij gretig.

'Mooi,' zuchtte ze.

'En de walvis?'

Ze maakte een vuil handje open, en toonde een brok verkorrelend been.

'Het restje,' zei ze.

DE RENNEN

Dit was de dag van de beesten, de edelste kweek van de mens. De gehoorzame beesten, de sterke, de betrouwbare, zachte, de bevallige en geweldige, de schone beesten van hun geboorte. Zij zouden rennen tegen elkaar over de parade. Het was geen wereldwedren, geen officiële renbaan, er werden geen records gereden, er werd geen classificatie beoogd, er was niet de rompslomp der officials. Het was een lokaal tijdverdrijf voor de gasten, een prikkel tot vluchtige roem voor wie onder henzelf uitkwam. Het was een aanleiding tot ander kansspel dan in de speelzalen.

De parade was een vlakke weg zonder buigingen van benoorden Rigel tot bij de haven. Zij werd van elf uur af voor alle verkeer afgesloten. De gebakende mijl lag bij Regulus, omtrent het midden. De administratie der rennen werd daar gevoerd.

De dag ving onschoon aan, de hitte was weergekeerd, de hemel wit van stoom. De zee schuimde vadsig, de wind liefkoosde hatelijk de aarde. Te twaalf uur dreigde een zware bank zeenevel het spel te verijdelen. De nevel was uiterst koud. De warmtemeter zonk snel. Het werd duister en men zocht in huis beschutting, waar licht werd ontstoken.

Te dertien uur was de bank overgetrokken. Het spel ging door. De wagens waren in drie groepen gerangschikt, naar het aantal van hun cilinders en naar de aard der carrosserie. Er waren geen eigenlijke renwagens bij en er was geen enkele beroepsrenner. De voorzichtigen voorzagen ongeval.

Bij Bobsien begon de dag als gewoonlijk. De kleine wagens waren het eerst gekomen, en de autobussen, en ook vrachtwagens vol volk. Zij hadden lomp getierd over de wegen, naar hun grove natuur, en de voetgangers verschrikt. De pier, van waar men slecht zag, was te negen uur een baan van rumoer. Er kwam reuk van vele lijven, maar men rook het niet. Men was van goede wil. Men trok de automaten met suikerwerk, met voetbalwedstrijden in klein formaat, met allerlei afleiding. De kruisnetten waren aldoor in trek. Eén ving een vis, handgroot, onder enorme belangstelling. Hij wist niet wat te doen, hij wierp de vis in zee.

Te elf uur mocht niemand meer de pier verlaten. Men lachte om de gevangenschap. Het was hier frisser dan aan land. Bij het eindcafé overheerste de geur van bier en koffie de mensenlucht.

De nevelbank bracht overmatige frisheid, maar de stemming bleef. Men had nieuwe grappen in de mist. Vrouwen gilden, al werden ze niet geknepen. Straks was het voorbij. De blijmoedige profetie kwam uit, maar men zag er de rennen slecht.

De trottoirs van de parade waren vrijgehouden, want men vreesde ontsporing. De drinkers moesten de bars ontruimen. De kroeghouders en de kelners bleven. De kijkers stonden heel de promenade vol. De hogere kijkers der hotels zaten op de terrassen. De mistbank joeg hen rillerig in huis. De grasparterres raakten ontbloemd van vrouwelijk gebloemte.

Maar het was vol weer toen te dertien uur de zon scheen, de rennen aanvingen.

Sofia Eufemia wilde op het dak van de garage. De chefmonteur verbood het. Daarop mocht niemand, hij zat er zelf.

De knechts gingen zitten op de kappen der taxi's en Sofia Eufemia tussen hen. Velen op de parkeerplaats waren bij hun wagen gebleven en bestegen nu zijn dak. In de vrachtwagens ging het reizend volk staan op de lompe banken.

Toen heel de kudde binnen was had Bobsien zijn park gesloten met de nieuwe sluiting, de ketting met slot. Geen beest kon zonder hem in of uit. Hij klom met een ladder op zijn stenen cilinder. Hij zat daar in de hitte, in de mist, in de zon. Hij kon hier als mens zitten, maar niet als beambte. Hij zat in zijn hemdsmouwen. Een wagenband, te hard gepompt, barstte ergens op zijn zwakke stee als een losbranding. Hij keek nauwelijks om. Dat kwam later.

De rennen filmden langs hem heen. Het stelde teleur. Hij had tegen beter weten gehoopt van zes op een rij. Waarom kon dat niet? Maar ja, de weg lag te ongelijk. Het ging stuk voor stuk en leek veel op elkaar. Je moest naar de winner maar raden. De beesten werden achter Rigel omgeleid naar de start. Bij Regulus werd door de megafoon de overwinning gemeld in elke groep. Hier verstond men dat niet.

Er kwam toch meer tekening. De grote beesten gingen merkbaar sneller. Bij het park hadden zij een vaart dat men de gezichten niet meer zag. Hij herkende een dier van gemeen geel, in dagen niet gezien.

Dit beest bracht het eerste incident. Wat opgelapt voor de krachtproef was het tegen de stalen wil van zijn heer niet bestand. De fieltige zieke zat zelf aan het stuur. Zijn chauffeur had hem verlaten.

Hij dacht niet aan de vrouw die hij besmet had. Hij wilde in zijn klas winnen. Het oude beest was uit een beroemde stal. Het had nog vaart. Het loeide benauwd over de weg. Hij zag een vuurzee in de voorruit weerkaatst. Hij remde razend midden in de mijl. Een meterslange vlam sloeg uit de uitlaat. Het brandbegin werd geblust met zand, het gestorven dier versleept naar een blinde hoek. Hij klom beenslepend tot de terrassen. Een trotse lach onder de vergrauwende stekelsnor ontblootte schaamteloos zijn tanden vol wolf. De rennen gingen voort.

De grote open wagens gierden voorbij als granaten. Het grote ongeluk kwam uit een van hun klasse. Een zwart-met-grijze verloor het stuur, schoot over het trottoir, en reed de voorpui van een bar in puin. Sofia Eufemia sloeg de handen voor haar gezicht. De bestuurder werd verminkt weggedragen, een ongenoemde kelner verloor het leven, de ruïne van de grijs-zwarte kwam naast de gele in de blinde hoek. Bobsien keek rustig, al klopte zijn hart. Het gebeurde vrij ver.

De rennen gingen door. Het comité van uitvoering was vooraf overeengekomen nopens dit Romeins beginsel. De kijkers raakten angstig gespannen. Er reden nog zes wagens, zonder ongeval.

Na de rennen kookte de parkeerplaats over van driftige dieren. Elk wilde vertrekken. Knallen sloegen uit boven de wilde pruttelingen. Blauwe gassen vulkaanden over het concert van wildebeestenstemmen. De dieren stampten, botsten, schaafden. Bobsien stond machteloos met traanogen in het woeden van de strijd, dikwijls in levensgevaar. Maar de worsteling minderde. De dieren stoven naar weerskanten uiteen.

De rennen eindigden met hoog geklank van munt en beschaafd gekraak van papier. De weddenschappen werden verrekend.

DE CONFERENTIE

Met de hitte van de herzomer dat jaar daalde over de badplaats de rust der conferentie. Zij werd het brandpunt der wereldaandacht. De hooggestemden wachtten van haar het duizendjarig rijk.

De badplaats ging lijden aan verkeerschlorose. De conferentie kwam samen in de grote concertzaal van Beteigeuze en eiste rust op tot in wijde omtrek. Op de parkeerplaats werden op bepaalde uren alleen beesten met kaarten geïntroduceerd. Bobsien kreeg een tolk naast zich, die drie talen sprak.

Het voorkomen der badplaats werd meer kosmopoliet. Door een groot contingent Latijnen kreeg zij een zuidelijke inslag. De nieuwe gasten brachten vrouwen mede als vorstinnen en als prostituées. Het meest de aandacht trok de vrouw van een politicus, die een fiets huurde, vroeg opstond en blootshoofds door de duinpaden reed, een gewoon mens. Men wees elkaar haar aan. Zij was altijd alleen. Zij kwam apart in de krant.

Het staartmerk der parkeerdieren doorliep het gehele alfabet. Sofia Eufemia oefende zich in snelle ontcijfering van dit beknopt schrift. De kaart van Europa schimde voor haar herinnering: dat was een Spanjaard, en dat was een Denemarker.

Er kwamen aldoor nog dieren bij. Sommige, bestoven van de reis van honderden mijlen, gingen zo in het bad. Een deel van het park werd voor de vreemde dieren vrijgehouden. Daar bewoog zich de tolk. Tegenover Bobsien zweeg hij in alle talen die hij spreken kon. Bobsien keek effen de zaak aan. Zijn eigen beesten waren veel mooier dan die vuile uit het buitenland. Hij had het stiller dan anders.

Toen werd de conferentie met nog een financiële commissie uitgebreid, en tien nieuwe vreemden verschenen, met bankiersbuiken meest. Zij namen allen intrek in Alcor. Zij waren altijd samen. Hun zware vlees dreef 's morgens in een klomp bijeen door de branding, en later waggelde hun woestijnpas over de parade. Maar twee of drie waren anders. Die hadden de vergeestelijkte adeldom als het Joodse volk, gelijk nauwelijks een ander, kan aanwijzen.

De tien trokken de grootste aandacht. Zij waren een miljard, en meer dan een miljard, dat liep, dat bijeenzat, dat verdween in Beteigeuze. De wereldpers stond vol van hun interviews over de conjunctuur die zij geweigerd hadden. Zij waren in het conglomeraat van het congres het enig onderdeel dat cohesie bezat. Zij waren een vaste donkere klomp van deskundigheid. Als het congres hem niet behoefde stootte het hem af, en rolde de klomp langzaam uit het hotel.

De vrouwen der congressisten, de onnutte maar schone tooi der conferentie, waren de enigen wie in de congresuren de toegang tot het park vergund was. Zo nu en dan kwam een buitenlandse haar wagen halen, soms ook de chauffeur. Zij kregen van de tolk plattegronden en brochures die zij achteloos bekeken, weglegden, verloren. Hun beesten hadden niets bijzonders. Zij zelf waren de rassen uit vreemde lucht en vreemde aarde gedistilleerd, maar hun beesten hadden slechts het ras van hun stal. Een heel enkele stak uit door een eigen toon van zijn strot, een stem als een gestopte bazuin, een apart instrument in het orkest. Bobsien gaf uit de verte toe dat er mooie dieren bij waren, vooral van de geldmannen. Het liet hem in de grond onverschillig, maar Sofia Eufemia stelde in alle uiterlijke kleinigheid belang. Zij naderde zo dicht mogelijk de tolk en hoorde hem koeterwaalsen.

In de garage werd af en toe een dier nagezien, dat men nog niet kende. Dan spraken de monteurs met bijeengestoken koppen, en wezen elkaar, maar Sofia Eufemia zag geen verschil.

De officiële vrouwen en de vrouwen van de vreemde pers maakten kleine tochten. Ze gingen nooit ver, ze bleven met hun beest in de buurt van de onzichtbare meesters.

Bobsien betoogde tegen het verstrooid luisterende dweiltje over de rotheid van politiek en geldwereld. Die legde de badplaats lam. En hij wees naar de pier.

De pier was van tien tot zestien uur een desperate stilte. Maar daarna zwermde ze vol, toeterde en boemde, en haalde haar hart op. Het avondleven van de plaats was overdruk. Maar Bobsien had des daags tijd te over tot wrange gedachten. Hij keek verachtelijk naar de groep bankiers die uit het bad elke morgen langs zijn cilinder kwam, vooral naar die ene van fenomenale omvang, die in zes gangen heette te ontbijten, maar in waarheid ontbeet met citroensap. En dan overzag hij zijn klein jong lijf en dacht aan zijn zweet en zijn spieren. Maar Sofia Eufemia dacht aan niets en verbeet haar lach.

Zij stonden in de zware hitte. In de zware hitte werkte onzichtbaar de conferentie. Op een broeise dag snelde haar koortscurve miraculeus opwaarts. Ieder ingewijde vreesde de collaps. Over de crisis zigzagde zij langzaam weer omlaag. Het koortsbeeld kwam eerst onder de ogen der wereld toen de pols normaal sloeg met een zweem van naflauwte.

De vrouwen reden die dag niet. De dieren van het buitenland stonden heel die dag kritiekloos in de hete zon van het park.

DE CORSO

Dit was de tweede dag van de beesten. Nu ook kregen de vrouwen haar kans. Er was met de conferentie iets voorgevallen. De politieke smelthitte had haar vastgeklonterd tot een legering waarin niemand armen of benen kon terugvinden. Aan de randen borrelde het allieersel onbetekenend na. De pers was verbijsterd en dorst niet te lachen.

Om de verstijving te overwinnen werd een dag gepauzeerd. De corso, reeds lang beraamd, zou die dag plaats hebben. In allerijl bereidde men zich voor. Karrevrachten bloemen werden 's nachts uit de kwekerijen aangevoerd. De wagens waren verzilverd van dauw toen ze in het morgengrauwen aan de kust verschenen.

Deze dag was schoon, zachtwarm, windstil haast. Het was de dag van de bloemen, de vrouwen, de kinderen, de beesten. Iets wonderlijks verscheen het eerst, topzwaar overhuifd door een zwarte kap vol micavellen. Het spokig wezen stak een roze voelspriet uit, die rondtastte en een micaraam opsloeg. Toen brak het open als een paasei vol verrassingen.

Vier kinderen tuimelden eruit, fris wit, met zon in hun haren, en een vader tuimelde na met lange benen. Het ging als de wind over de parade, regelrecht naar het strand. De makke lauwe zee bespoelde dadelijk vijf paar blote benen. Niemand uit het plattelands mirakel had naar de parkwachter omgezien. Die moest zelf de driewieler op zijn plaats duwen. Hij was haast te trots om hem aan te vatten. Zijn gedachten kristalliseerden tot scherpe verwensing. Toen zag hij het doktersinsigne en zijn oordeel verzachtte.

Het zou een goede fooiendag worden. Om tien uur gingen de kettingen al op het park. Hij had nu vrij tot na de corso. De rijweg der parade werd afgezet. De corso begon te elf uur. De middaghitte zou de bloemen doen lijden. Er waren die dag geen langslapers. De vrouwen waren al uren bij de hand. Zij hadden hun mannen uit bed gejaagd voor kleine hulpdiensten. De staatslieden, de hersenen gespecialiseerd op politiek, moesten uit op touw, garen, wollen draden, werden gezet aan het rijgen van kransen en slingers. Hun hoofden zwaar van slaap bogen zich over de boeketten die hun handen, slechts geoefend in het gebaar van de spreker, moesten binden. De vrouwen, ontevreden, deden het werk tenslotte zelf. De mannen hingen nu minderwaardig aan de telefoon, of omstuwden de gerant, de grote van het vroege morgenuur.

De vrouwen zouden rijden. De mannen waren slechts kijkers. De vrouwen kozen een kleding die paste bij hun versierde beest. Van negen uur af waren zij bij hun beest in de garage. Te tien uur dertig vormde zich de stoet bij de start ten noorden van Rigel.

De beesten waren smetteloos gereinigd. Ze hadden zich volgezogen met de moedermelk van hun nafta, hun olie en water. Hun hart werd beproefd. Het had geen zenuwen. Hun digestie was volkomen. Zij eisten zo weinig, de beste het minst. Hun lijven werden vertroeteld en toen versierd. Het was de kunst de juiste kleur van de opschik te vinden, de grotere kunst onder de smuk hun edele lijn niet te verspelen. De vrouwen namen plaats aan het rad, een enkele achter haar knecht.

De parade was van kijkers omhaagd. Men keek naar de start. De start was nog leeg. De pier was vol. De geringen wilden altijd weer naar de pier, al zag men er slecht. Van de hotels, hoog in de lucht, in lichte bries, woei fleurig het internationaal dundoek. Van de pier bonsde de muziek. Maar de bars, van wachtenden vol, hadden geen stem. Het was niet hun uur.

Er klonk diep gegons. Het ging in een geluidsgolf over de parade, het woelde op de pier: de optocht ving aan. Langzaam kwamen de dieren nader. De jury zat voor Regulus, gestoeld op een podium met kleden belegd, onder een hoog zonnezeil. De kinderen stonden in de haag vooraan meest. De anderen gingen op schouder en nek. Er werd geklapt, eerst schuchter, daverend daarna. De pier gaf het sein. Aan de bars stond men op de stoelen, op de tafels.

De wagens reden langzaam met een spelend gemak. Er was telkens even halt voor de jury. De gangwissels gingen geluidloos over. De wagens waren het schoonst aldus, in hun zachte kracht, hun rijke, niet overdadige tooi. De opene hadden een voorsprong, dat bleek onbetwistbaar. Zij waren nu waarlijk beesten, al geluidden ze niet. Zij dachten, zij wisten, zij leefden het leven van hun meesteres. En deze vrouwen, wier roeping was te dienen, wisten dit feilloos dienende leven onder haar en waren de heerseressen van een vergankelijk uur.

Een blauwe wagen kwam met een hart van ivoor en het blauw was versierd met theerozen en het ivoor met lobelia. Een kwijnende vrouw stuurde, de enige verwelkte bloem in de glijdende ruiker.

Tot de noen duurde de tocht. Maar men waarschuwde dat het nog niet voorbij was. De zes prijswinnaars werden afgeroepen bij de haven, bij de eindhalte. Een kleine bode van de jury reed er razend heen in een rood wagentje als een vonk. De zes reden weer voor tot de jury, daaronder de open blauwe. Ze zouden een ereronde rijden. Maar de vrouw steeg uit. Zij liep moeilijk, gebogen. Zij was geen monomane pop met dwaze ogen, maar een vrouw. Men dacht dat zij ontroerd was of nerveus. Zij was heel ziek. Haar blik was geblust.

De zes reden zegevierend tussen de dikke geluidsstrepen der toejuiching. Een man, een knecht, zat achter het rad van de blauwe.

Bobsien had het alles opgenomen met klein gerimpeld voorhoofd. Hij schaamde zich te bekennen dat het mooi was. Wat een vermorst kapitaal, dacht hij. Toen dacht hij vanzelf aan Karl Marx.

DE LICHTEN

Het bad van de rustdag had de knoedel der conferentie uiteengeweekt. De congressisten bekeken heimelijk hun gehavende ledematen. Men was blij zichzelf terug te vinden, men besloot bij zichzelf te blijven. Men deed geen enkel vitaal programpunt af. Men deed wat klein werk. Men endosseerde de promesse van de wereldvrede aan een commissie van onderzoek. Men erkende niet dat zij te haastig was getrokken, men zeide dat dit geen eind was, maar een begin. Men deed in ernst zijn best zijn figuur te redden.

De tien financiers bleken op de rustdag in stilte vertrokken. Men herademde, want men behoefde deze commissie nu niet demissionair te verklaren. En men had gefluisterde lof voor haar routine.

Enkele staatslieden verdwenen daags daarna. De kern bleef fatsoenshalve iets langer. Een vuurwerk zou de conferentiedagen besluiten. De weersomstandigheden waren de vertoning van het symbolisch sluitstuk gunstig.

Alle licht was voor het avondfeest ontstoken, alle gordijnen waren weggeschoven. Regulus, het oudste, minst fraaie, bood een verwarde aanblik van niet te groeperen lichten, in Mizar, het hoge met de zwarte penanten, stond het licht in kokers recht tussen het steen, in Beteigeuze, het brede, platte, lag het licht in lagen boven elkaar. Afzonderlijk stond de kubus van Rigel overzaaid van kleine vierkante ramen, elk zo rossig stralend dat het voorkwam als een stralende binnenbrand, – en ook het kleine Alcor met de verborgen lichtbronnen dat gloeide in weelderige schemering.

De promenade daaronder, nu hoger, dan lager, doorlopend langs de hotels tot aan de haven, gaf met klein, veeltallig licht het kermisachtig aspect van de roetsjbaan. De parade daaronder stond in strakke kalkglans, een uit de hoogte neergestort licht, onhoorbaar vallend, zo fijn verdeeld dat men het tussen de vingers kon wegwrijven. De bars hadden niet de voorname schemering van Alcor, maar de sensuele van hun overgul beschilderde kappen. Hun ingang tekende de lichtreclame, zakelijk bruut. Het park sloeg een gat.

De dieren gingen langzaam over de rijparade, gehoorzaam aan de verkeerswetten, met kleine naïeve wijdstaande parkogen en het slim rood achteroogje met eigen kijkleven. Het oogje, onachtzaam naslepend, dat zwellen kon tot het gevaarsoog van een geblokkeerd spoortraject.

Zij knorden heel kort, terloops. Op de zwarte landwegen zouden de grote schitterogen in hun kop opengaan, tezamen met hun instincten en hun stemmen. Maar altijd bleven zij de dieren van opvoeding, en voorbijgaand aan elkaar zouden zij de verblindende blik dempen en knipogen met een kleine zachtgele wellevendheid.

De pier had weer haar tunnel van roze licht, extra vermooid met zware lichttrossen hier en daar aan de bogen als enorme frambozen. Men was er van bewondering voor zijn doen stil. Toen doofden de pier en de parade en al het buitenlicht en ging het vuurwerk zijn feeërieke ruikers naar de hemel dragen. Er waren pijlen die regenden en pijlen die geizerden. Er waren multicolore garven, tot vijf toe, van een zelfde stengel. Stammen rezen op en hun top sloeg uiteen tot de palmkroon van een seconde. Tot hemelhoogte werden onzichtbaar bommen uitgeslingerd die op het onverwachtst barstten in een onmetelijk rad van kleurige kogels, beangstigend vlakbij. Van de pier zuchtte het welbehagen hoorbaar op.

Maar voor de vooruitstrevenden was er het nieuwere spel van lichtlijnen die in wit en geel als stokken dooreensloegen, waren er de bommen die samenwerkten aan figuren van een kantelende planimetrie.

En voor de conferentie waren de staande stukken, de gemakkelijke waarvoor men zijn nek niet hoefde te verdraaien, – de stukken omgeven door ruisende fonteinen en geschutsalvo's en met hoffelijk inschrift in drie talen.

Teleurstellend was het geluid, dat in deze ruimte zijn weerklank niet vinden kon, dat kort en korzelig ontplofte, dat pijn deed en geen majesteit bezat.

Het was voorbij. Het buitenlicht ging op. De pier hervond haar rumoer. Daar werd landelijk gedanst in de lauwe nacht, de laatste zomernacht van het seizoen. Het scheen een klompendans, de bodem trilde. In de bars en de paleisjes van de parade die altijd door gefleemd hadden ging de erotische dans gesluierd door de rook. Onverschillig voor het klein vertier reed de vuurtoren zijn velgloos wiel om en om met grote slag.

Buiten het kunstlicht der hevige plaats hing ongelijk gesteeld het rijk fonkelend nachtgebloemte neer. Boven de zee zweemde nog een veeg van het dierenriemslicht, de vingerveeg van Gods duim. Meer noordwaarts stond op de scheidingslijn de kleine aigrette van een komeet.

Sofia Eufemia van Tinborn was een kind van de slop. Ze had geen ouders, ze leefde met haar opoe. Ze had schoon te maken wat vuil was, ze werd aldoende zelf vuil. Ze maakte zich nooit goed schoon. Ze was een dweiltje en ze had vuile dweilhandjes. Men had met haar lijfje grote plavuizen kunnen schoondweilen.

Ze had een mooie naam, dat wist ze wel. Ze was misschien van een oud geslacht, maar daar kocht ze niks voor. En aan enkel de kouwe drukte daar had ze geen boodschap aan.

Het seizoen sleepte naar een hectisch einde. De stemming vermolmde. Alcor was al dicht. Gasten die zich harden wilden baadden nog in guurte van ochtendnevel, in wind van fijne ijzigheid. Uitgestegen bezagen zij met voldoening hun getijgerde huid.

De grote schone dieren waren vertrokken, kouwelijk als hun heren, nu de tijden bar gingen worden. Maar Bobsien miste ze niet, wel miste hij de fooien.

De kleine, zonder karakter, zonder pretentie, kwamen nog, de straathondjes uit de wereld der nafta. Ze waren dof van verwaarlozing, een enkele, erge, had schurftplekken. Hun onderbuik was smerig bekorst en lekte dik groen uit, hun stem was meer jank, hun adem onzuiver en zichtbaar. Hun ogen konden vurig noch zacht zien, ze hadden onveranderlijk een blik van flauwe gemelijkheid, het achteroogje keek huilerig rood. Bobsien voelde genegenheid. Dit was de wagen van de arbeider die iets gespaard had, de wagen van zijn toekomst ook, als hij kon overhouden. Zo'n wagen was hem liever dan een grote mooie. Hij kon een grote in puin rijden en zelf niets hebben. Zo lang je maar voort kon zat er macht in.

Maar toen dacht hij aan het tegengevallen seizoen en trok rimpels. De conferentie had hem genekt. De urenlange leegte in het mooist van de tijd. De voorname vreemden, die alleen gaven aan de tolk. Hij was beambte, maar hij had geen loon. Hij moest van de fooien bestaan. Alleen zijn uniform kreeg hij. Straks ging hij naar zijn park in de stad. Daar had hij vast loon, maar minder fooien ook. Daar heette het opletten, want hij moest er staangeld innen op bons. En hij had altijd ruzie met de parkeerders over de afrekening. Hij kon het niet helpen, dat het nieuwe uur inging met de eerste minuut. Dat was toch geen leven voor iemand als hij. Dan ging je trouwen. Dan ging het hem net als zijn vader. Die was ook maar een gewone thuislegger. Als die iets niet wist zei hij: ik zal 't aan me man vragen. Dan werd zijn moeder hels.

Bobsien stond naast zijn cilinder. Hij keek klein naar het zilverwoord service in de verte, de schemerige ruimte der garage, waar de weidende kudde was geslonken, waar kale plekken doorbraken, het lege plein met de vale avondbeestjes. De koude zeewind zoog langs zijn cilinder. De parade gaf het feest der afgestorvenen, de muziek in de bars zong niet meer, maar neuriede achter dichte deur. Op de pier liepen de witte booglampen met stijve pas blindelings de zee in. Hun licht ging verloren. Het eindcafé was een fabriek die doorwerkt met drieploegenstelsel. De zee kreeg overheersende stem in de geluidssymfonie der badplaats. De wolkenlegers van de herfst schreden, de regen ging striemen. Sofia Eufemia kwam aangedraafd. De garagedeuren rolden dicht. De vuurtoren stond onaandoenlijk tegen alle seizoenen. De grote nachtarbeider werkte hevig en rustig.

Bobsien en Sofia Eufemia stonden naast elkaar in de deur van de cilinder. Het park was mistig van regen. Troebel vlamde het woord service. De dieren stonden nietig en gelaten. Sofia Eufemia was flink nat. Ze lachte.

Ze had een putje in haar wang. Bobsien zag het. Ze had iets groezeligs en iets liefs. Ze had een andere aard dan hij. Waarom zocht ze hem telkens op? Hij zou haar straks missen. Hij dacht nu eens niet aan zijn spieren en zijn zweet. Hij begreep vaag dat de verlossing kwam van de vrouw.

Sofia Eufemia had iets voorvoeld. Ze had van haar opoe de mooie bros mogen lenen. Ze had hem aangedaan voor ze uit de garage kwam hollen. Ze droeg hem zomaar op haar vuile werkjurk aan de wortel van haar vuile halsje. Ze was de situatie volkomen meester.

Ze keken naar de regen.

'Dat kan nog effen duren,' zei Bobsien traag.

Hij had over die woorden lang nagedacht. Hij kreeg geen antwoord. Hij stootte haar aan. Hij kreeg geen antwoord. Hij wreef met zijn elleboog langs haar arm omlaag.

'Wat nou?' zei erg kalm het verstandige dweiltje.

DE HEKKESLUITER

De schoonste zegen van de mens is niet het paard. Het is het dier dat, tot volle wasdom gekoesterd in de buidel der moederfabriek, niet hoeft te leren, onmiddellijk bereid staat tot alles in de wereld van het verkeer. Het heeft geen eigen leven weliswaar, maar hoe onmachtig is vaak het natuurleven. Het heeft een kunstleven van de hoogste orde, de mens is de schepper van zijn perfectie. Toch niet geheel. Het zou naar aardse maatstaf volmaakt zijn, wanneer het niet de eerste duizenden mijlen zijn organisme moest sparen, wanneer het niet desondanks zich zo snel uitleefde, zo snel tot een gammelheid inzonk, wanneer het niet zo kwetsbaar was door uiterlijke weerstand.

De badplaats, die winternacht, lag als een dode vergeten te begraven. De nacht stond zwaar van kim tot kim, de zee zwol moeizaam tot vloed onder de dwang der gesternten, de gebukte wind plomp stappend plonsde om door het ruimtewater. In het geheel van oerkleur en primitieve klank was alleen de vuurbaak de noot van de mens. Zijn blanke degenkling kittelde vergeefs de theorie der strandhotels in syncopisch ritme. Een vlucht meeuwen, opgeschrikt van een geluid, werd een sneeuwbui in zijn uitval van een secondefractie.

Benoorden Rigel, vanwaar de heirweg door de duinen mondt aan zee, kwam een donker beest aangekraakt. Met het langzaam naderen groeiden zijn afmetingen fantastisch. Twee ogen schenen roodontstoken achter het in scherven gebarsten hoornvlies. Een bloot staartbeen stak geweldig op. Een geluid van kettingen kwam nader of het liep in een slepend gareel van ijzeren schalmen. Het draaide in grote boog het park op tot het midden waar een spokige escouade van naftapompen melkglasbekopt stram stond in het gelid. Het draaide terzij dwars over het park en stond. In de vliegende zoeker uit de toren stond het telkens dofrood. Zijn gehuil, twee-, driemaal, daverde over het park. Het park bleef stil.

Een oud man klom uit de cabine, ging langs de pompen naar de garage. Zijn baard stroomde op de wind. Zijn loop was krachtig. Gebiedend sloegen zijn knokkels op de dichte deuren. Er kwam geen stem dan van de leegte.

De vreemdeling keek om zich heen. Hij vond een trap omhoog, en ging op zoek naar voedsel voor zijn oude beest. Zijn sterke figuur, klein in de verte, groot in de doodsheid, bewoog over de trappen en terrassen, hoger, hoger, verder, en achter de top tussen de blokken verdween hij zwart naar het binnenland.

De kraanwagen dwars van stand beheerste het park ontzaglijk. Zijn vesting was onneembaar. Hoog op zijn wielen, lomp monsterachtig beheerste hij het rijk waar de vreugde nietig had geschitterd. Zijn volk was voor hem verstoven. Hij was een vorst zonder vergiffenis.

De oude kraanwagen stond onverzettelijk. Zijn kleur was die van een schavot. Hoeveel lijken hadden niet gebengeld van de galg van zijn bok? Hij telde ze niet. Hij las onverschillig de verminkten en de doden langs de heirbanen tussen het vlietend verkeersleven uit. Hij ging een geheel eigen weg tussen het rechtstralig haastleven, een langzame weg van eigen wet. Hij had een curve van onontkoombaarheid. Zijn zeldzame stem hing alom in de ruimte, zijn schaduw verduisterde alle wegen.

BINT

ROMAN VAN EEN ZENDER

Aan mijn rector en zijn staf

EEN STALEN TUCHT

De Bree zijn denken was hoekig en nors. De lucht lag laag morsig roetig. Novemberochtend. De wind danste lomp om de hoeken. De boerse reuzin viel over hem met de volle vracht van natte kleren. De Bree kampte even. Dit was een voorpostgevecht. Hij wist ongeveer waar hij heen ging. Hij had er van gehoord.

Hij bereikte het plein met onvertraagde tred door de kolking der tochtgaten. Het plein was rechthoekig, gekoolgruisd het midden in een lijst van keien. Een enorme dode heester en anders niet, op de verkoolde aarde, de muziektent. Drie hoge wallen van huizen, glas meer dan steen, smal glas tussen smaller steen, de ramenvolte van armoehuizen. De wallen waren nauwelijks gescheiden door de smalle tochtgaten, spuigaten der verkeerswegen. Kleine groepen stonden fladderend, hier en daar, over het grote plein.

De vierde wal was het enkel geelgrauw gesausd blok van het gebouw met de molmen daktoren en het uurwerk van verbleekt goud. Lekken traanden vuil over zijn gevels.

Hij belde galmend, hij had nog geen sleutel. In de stroeve hal was geen warmte. De trap omhoog lag stijf gestrekt, met dubbele houten armzwaai naar hoger. Een schepsel was daar, zwart, doodsbleek, dat toefde, keek, en bij de bocht verdween.

'Komt u even hier,' vroeg een grote mollige man, zeer wit van gezicht.

Deze was de conciërge. Hij had de stem van een weekdier.

Terzijde van de hal stond reeds de directeur op de drempel, droog, rietmager, kaarsrecht. Hij keek door een bril van bloed. Zijn blik was gering. Zijn kin was geslepen tot een bokkebaard van grijs. Zijn knookhand bood geen druk, maar wat blinkends.

'Hier is je sleutel. De leraarskamer is boven, dat komt later. Ik moet je iets zeggen, iets meer dan ik vroeger al zei. Loop even mee. We beginnen dadelijk.'

De directeur trad recht, snel, licht door de gangen van het gebouw dat lag om de hof. Aan het eind keerden zij om en gingen terug, en zo enige malen. In de hal tochtte het hun telkens vervaarlijk tegen. De deuren waren open, de bevolking kwam binnen. De scholieren kwamen langs en groetten zonder hoffelijkheid, zoals jongens groeten. Zij zagen het niet.

De directeur tutoyeerde ongevraagd, niet uit familiariteit, uit gezag. De Bree merkte het nauwelijks op.

Bint zei, wijzend omlaag:

'Je eerste les is in die klas. Die klas is uniek. Zo een heb ik nog nooit kunnen vormen, vóór deze. Maar geen bespiegelingen nu. Ik houd van weinig woorden...'

Naar mijn hart gesproken, dacht De Bree.

'Die klas heeft je voorganger weggetreiterd. Ik waarschuw je niet, ik maak je attent. Begrijp je?...'

Hij begreep het toen niet, eerst later.

'Ik eis van ieder: tucht. Ik ben hoogst modern. De tijd is voorbij van gemoedelijkheid, van verbroedering. Dit geslacht is tè bandeloos.'

De bel was gegaan, de school was stil geworden. Zij liepen nog even. De Brees klas stond open. Hij loenste er heen door de trapkoker. Hij zei niets.

'Men moet de cirkelgang durven gaan. Er is snelle verwildering. Men moet ver teruggrijpen en snel, naar het oude systeem van macht en van vrees. Dit oude is het nieuwste, het beste, het enige. Ik eis: een-stalen-tucht. Nu ga.'

De directeur, recht, snel, met lichte tred verdween waar de gang elboogde.

De Bree ging rustig langzaam de acht gesleten treden af. Hij verwerkte, maar liet niets merken. Hij betrad de klas genaamd 4D. Hij voelde snel, want hij had fantasie. Hij voelde dit aan als een hel, als de hel. Hij betrad de hel.

DE HEL

Op het podium was een tafel en een stoel. De tafel was haarfijn geplaatst aan de rand. De Bree verzette haar tot veilige stand, voelde tersluiks aan de stoel, ging zitten naast de tafel, greep daarvan achteloos een blad papier met namen.

Dit moest een kelder geweest zijn. Er was één wand met vier hoge kleine ramen. Zij waren van gewapend matglas, ijzerstaven nog ervoor. Daarlangs gleden de onderkanten van mensen buiten, daarlangs stootte hortend de wind. Het licht was aan, rood, somber.

De klas zat stil in afwachting. Zij liep omhoog naar de overmuur, met sterke stijging. De Bree zat laag en onvoordelig. Allen keken hem aan. De meesten keken op hem neer. Het oog van een enkele dwaalde even naar de ramen met de wind. De Bree onderscheidde nog niet veel. Er waren wel vreselijke gezichten. Er was één vrouw. De Bree deed zijn ogen van het papier gaan. Hij keek tegen de klas. Hij grijnsde, zonder lach, zijn mond stond vol sterke bruine tanden. Hij wachtte wel een minuut. Hij liet de deur open. Toen ging hij lezen.

'Whimpysinger – De Moraatz – Neutebeum – Nittikson – Surdie Finnis – Te Wigchel – Kiekertak – Taas Daamde...'

Wat een namen, dacht hij. Het antwoord: 'Ja, present,' kwam aarzelend.

'Peert – Punselie – Bolmikolke – Klotterbooke...'

Hij hield de plattegrond der klas ver van zich af, of hij het anders niet lezen kon. Hij spelde de namen opzettelijk langzaam en moeilijk. Het moeilijk antwoorden bleef.

Hij legde de plattegrond naast zich neer. Hij grijnsde breder nog, zonder lach. Hij stond op, zette de stoel àchter de tafel, en nam weer plaats. Hij keek zwijgend tegen de klas aan, in afwachting.

Hij zei:

'Dat jullie door elkaar zit en verkeerde namen opgeeft beschouw ik nìet als een kinderachtigheid. Net zo min als wat jullie daarnet hebt uitgehaald met deze tafel.'

Hij legde zijn armen erop, en wipte even op zijn stoel vooruit, volkomen thuis. De klas wachtte stil af.

'Jullie bent te groot voor iets kinderachtigs. Daarom, ik beschouw dit als vijandschap, twee stellige blijken van vijandschap. Jullie wilt oorlog. Het zal oorlog tussen ons zijn, zonder ophouden, het hele schooljaar door...'

Hij wachtte even en keek keurend rond. Hij moest er nu ineens doorheen. Hij vertrouwde op zijn kracht en wenkte:

'Kom jij hier.'

Zijn woord had indruk gemaakt. Een gorilla zwaaide sloom op hem toe.

'Geef je hand... Nee, die is te vuil... je linker.'

Zij gaven elkaar de linkerhand.

'Knijp.'

De Bree zelf kneep onmiddellijk hard. De jongen kneep onmiddellijk terug uit alle macht. Hij was heel sterk, maar hij was een jongen. Zij knepen zwijgend en zonder beweging, de jongen staande, de man gezeten.

De Brees niet groot, atletisch lijf bezat een macht van kracht. De ander werd bleek in zijn donker gezicht, zijn voorhoofd ging glinsteren, maar hij bewoog zich niet en hij gaf geen geluid. De Bree bleef lachloos grijnzen, verachtelijk.

Dapper joch, dacht hij.

Zijn kracht was nog niet verbruikt. Hij schroefde aan. De jongen deed het ene been tegen het ander. Zijn buik trok in.

De klas zag het en bleef stil. Toen liet hij los. De hand viel geel neer, het monster zwaaide terug in de bank.

'Deze handdruk,' zei De Bree, 'is onze oorlogsverklaring, niet tussen hem en mij, maar tussen mij en de klas. Ik zit voortaan hier, àchter de tafel, mijn vesting. Storm nu maar aan, ik weet wie de sterkste is.'

De klas zweeg.

'Mijn voorganger is hier weggepest. Jullie denkt natuurlijk dat je mij dat ook kunt leveren: een nieuwe leraar, een tijdelijke nogal. Je vergist je, het zal niet lukken. Ik zou jullie gemakkelijk stuk voor stuk kunnen fijnknijpen. Niet uit kwaadheid, God nee, maar omdat ik dat nu es zou willen. Verduiveld jammer alleen maar, dat het niet mag...'

Een roofvogel, ergens vanuit het midden, vroeg plots krijsend, zonder opsteken:

'Meneer, mag die deur dicht!'

De Bree was hierop niet gevat. Hij beheerste zich, trok zijn wenkbrauwen op, keek met voordacht flets naar de vrager, toen weer weg. Hij schudde zijn hoofd:

'Jullie kùnt me niet kwaad maken. Jullie zult nooit iets van boosheid zien. Ik ken geen andere straf dan schoolblijven en wegjagen. Ik geef je nu gelegenheid op je plaats te gaan zitten.'

Er kwam beweging. Stommelend, klotsend groepeerde de klas zich anders. De gier vloog hoog de volière in.

Hij tuurde weer op het plan. Toen ging zijn oog zoekend rond. Het rustte op een granietig wezen, klein, in een grote bank alleen, vooraan op zij. Zijn vinger wees onbeweeglijk.

'Jij vraagt de directeur hier te komen.'

Het sfinxig wezen strompelde klein, traag uit de bank, en zwaar de trap op. Alles kwam er nu op aan of het Bint zou meebrengen. Achterin wisselden er twee nog snel van plaats. Hij zag het niet. De lichte tred van de directeur klonk in de gang, het kleine wezen zwaar er achter, en langzaam in de bank.

'Meneer,' zei De Bree, en hield het oog fel op de klas, terwijl hij het plan reikte, 'wilt U mij even zeggen of ieder zit op de plaats die hem is aangewezen?'

Bint keek even over de klas, niet op het plan, reikte het plan zwijgend, ging.

De Bree prentte zich alle gezichten en namen in. Dit mocht nooit meer gebeuren. Hij nam zijn opschrijfboekje.

'Degenen van wie ik de namen noem komen hier morgen terug van twee tot zes.'

Er was lichte beweging. Hij keek en het was weer stil. Hij deed alles uiterst langzaam, bestudeerde het plan, de klas, minuten lang. Zijn geluid klonk als een vonnis:

'Ten Hompel – Heiligenleven...'

De twee die op het laatst verwisseld hadden.

'Van der Karbargenbok...'

De roofvogel sloeg een klauw uit.

'Ja?'

'Meneer, mag de deur dicht!'

'Van der Karbargenbok komt ook zaterdag terug van twee tot zes.'

'Dan is mijn vader jarig.'

Er was gesmoord proesten.

'Van der Karbargenbok komt ook zaterdag terug van twee tot zes en van zeven tot tien.'

Het ging voorzichtig rumoeren. Hij rees half achter de tafel, en sloeg daarop eenmaal zacht met de hand.

'Stil.'

Hij fluisterde het vervaarlijk, met lange sis-s. Zijn korte hals zette zich uit tot een boomvoet met zware wortels. Er kwam iets nieuws in zijn oog, hij voelde het zelf. Hij sloeg de storm neer.

'Wie zich meer beweegt, dan mij lief is blijft.'

Hij zat onvoordelig, zo in de diepte tegen de steil oplopende klas aan. Hij had haar echter, meende hij, eronder. Hij legde zijn horloge voor zich, lette op de tijd. Hij gaf geen les, keek naar de klas, de klas naar hem. Hij schreef nog een paar namen op. De klas was redelijk stil, gespannen stil. Het meeste gerucht kwam van de wind. De deur bleef open, de klas werd koud. Tegen het eind stopte hij met overleg een korte pijp. De klauw ging weer omhoog.

'Meneer, is het nog altijd oorlog?'

Hij lette niet op het gegrinnik. Hij grijnsde zelf, klauwde tweemaal dreigend.

'Ik draag de scholier Van der Karbargenbok aan de directeur voor...'

Hij wachtte.

'... om van de school te worden verwijderd voor vier dagen met nader op te geven strafwerk.'

De bel ging. Toen hij boven was brak een duivelend geluid achter hem los. Het ging hem niet meer aan. In gedachten wreef hij zich de handen: niet kwaad voor een eerste uur. Hij ontmoette Bint. Bint zei niets, betuigde geen goedkeuring. De Bree had het niet nodig. Er waren acht namen in zijn opschrijfboekje.

DE GENOTEN

De Bree ging de trap die op het portaal twee armen nuchter uitsloeg. Boven was de kamer voor de leraren. Zij was boven de hal, met uitzicht op het plein. Hij had dit lesuur vrij. Drie mannen, kijkend naar de wind, draaiden zich om. Hij stelde zich voor. De kleinste had een dophoed en lichtte die even.

Deze was Keska. De Bree had dadelijk een hekel. Hij was een vreselijke prool, met vuil gebit, een natte lach van oor tot oor. Zijn hand was klam, zijn stem stuitend. Hij klotslawaaide weg naar een klas, lompig nadreunend, klein, hoedop.

Talp was fors, grijzend, welvarend. Zijn lippen waren smakelijk, zijn stem doceerde. Zijn hand hield op een afstand. Hij gleed in zijn regenjas met overleg en waardigheid, verliet de school.

Remigius was hoog en tenger. Zijn mensenoog was donker, helder, warm. Zijn handdruk veroverde. Hij zette zich aan tafel met werk en corrigeerde. Een sigaret smeulde in zijn slappe mondhoek.

De Bree drentelde langs de wanden, pijpdampend. Hij nam een boek over statistiek, zette zich tegenover Remigius, begon te lezen, begreep het maar half.

Hij keek weer rond, de school was stil, de ruiten bewogen in de sponningen, de wind liep storm op het huis.

Hij kwam even op het portaal, de trap af, nieuwsgierig. Hij luisterde in de gang, de school was stil, maar de hel rumoerde erger dan bij hem. Neen, deze gesmoorde opstand had bij hem niet geklonken. Hij was tevreden. In de leraarskamer ging hij voor het raam staan. Schaarse individuen waaiden over het plein. De wind keilde grote losse droppen. Vlagen fabrieksroet sloegen neer, van ergens, en uiteen.

Hij ging weer aan tafel zitten. Remigius had met corrigeren opgehouden, keek, en schoof zijn sigarettendoos over het blad. De Bree weigerde. Hij stopte zijn pijp. Hij zei:

'Ik heb er acht voor de eerste vrije middag.'

'Ja, je bent in een moeilijke klas geweest... Hoe ging het?'

'Zo'n gangetje.'

Remigius peinsde.

'Je houdt van die klas of je bent er bang voor.'

'Een hel...'

'Noem je het een hel?... Een hel?... Niet kwaad... Ik geloof niet dat iemand het hier nog zó heeft gezien... Een hel, misschien. Misschien ook meer een louteringsberg voor de leraar. In elk geval een curiosum en de trots van Bint. Als ik over Bint zou beginnen... Maar we praten hier niet veel, op zijn voorbeeld.'

De Bree luisterde, knikte.

'Hij is het niet eens met de wethouder,' zei Remigius toch

nog. 'Die wil dit regime niet. De school is over twee jaar dood en Bint weg. Er zijn veel leraren verplaatst. Al drie jaar zijn er geen scholieren meer toegelaten. Het gebouw heet te oud. Kletspraat. Het is om Bint, om zijn begrip van tucht. Wij hebben nu nog maar vier afdelingen vierde en drie vijfde. Tweederde van de lokalen staat leeg. De school sterft. Maar Bint zal hier toch kerels hebben gemaakt.'

Hij boog zich weer over de dictees. Er kwam een kleine rode sterke met grijsblond stoppelhaar, een regenjas, geen hoed. Hij liet de deur open.

'Het is hier warm.'

Hij stelde zich voor. Hij gaf de geweekte hand van een wasvrouw. Donkers, de plaatsvervanger van de directeur. Hij was heel effen, stil, beslist. Zijn mond stond zuur, met de kleine versleten tanden van een pijproker. Mijn voorland, dacht De Bree.

De conciërge kwam binnen, kloppend aan de open deur. Hij was een groot bleek kalf met een gezwollen kalfskop, en in zijn borst sloeg een groot, koud kalfshart, heel langzaam. Met dikke witte wormvingers voelde hij aan de verwarming, verdween naar hoger.

'Die gaat de nieuwe werkster achterna,' zei Donkers zuur.

De Bree had een ingeving.

'Toch geen bleke zwarte?'

'Precies.'

Er kwam een lerares, energiek, onknap, fris van de wind.

'Juffrouw Delorm. Zegt u maar To. Ze noemen elkaar hier toch allemaal direct jij en jou.'

'Behalve Bint,' zei Remigius.

'Nou ja, Bint, dat spreekt.'

Haar mond was te wijd en te dun, maar beweeglijk en intelligent. Ze haalde roef roef de kam door haar haar, schudde haar kop. De Bree keek het aan.

Er kwam een vierkante in het zwart, met somber oog, een lange zwarte snor.

'Nox met de teugels,' zei juffrouw Delorm.

De man gaf een vierkante hand, draaide aan zijn snor, lachte niet.

Zij lijken goed behalve Keska, dacht De Bree.

Keska had een put boven in zijn hoofd, herinnerde hij zich.

Keska kwam uit een waterstokerij, zijn moeder had een vol petroleumblik op zijn hoofd laten vallen, hij was toen nog klein, dacht De Bree.

De conciërge was weer beneden. De bel alarmde.

DE BLOEMEN

De Bree sloeg af naar een nieuwe klas. Hij viel er binnen als een onweer. Het was onnodig. De zachtste vrede heerste in deze klas.

Tien minuten, niet langer, botaniseerde hij op zijn podium. Toen kende hij alle planten, naar hun naam vanaf de index, naar hun eigenschappen vanuit zijn inzicht.

Daar waren achterin de twee meisjes Kret, Stientje en Mabelle, de laatste een poezele madonna, donker en roze, de eerste een onschuldig schalkje, dappere vonkjes in grauwe ogen, leutige krullen van bruin. Beiden heel klein en heel vrouwelijk, al borstjes als kaasjes.

Daar was achterin een jonge man, zo lang, in zo een kleine bank. Zijn gezicht was zo smal en klein, zijn gezicht was verzadigd van de zwaarmoedigheid der jeugd, zijn smalle benen staken heel lang en hulpeloos naast de bank in het gangpad. Zijn pijpen waren niet meegegroeid.

Daar zat centraal een jeugdig vorst in ballingschap, met ogen die zijn rijk heroveren wilden, met de hoekige kaken van het onuitgegroeide.

Daar zat vooraan op zij een jongen als een mooie vrouw, met vrouwenogen van diep aquamarijn, wenkbrauwen van geschoren fluweel, wimpers van zijde, een huid van satijn. Deze heette Jérôme Fléau. Hij had de mond van een wulp. De Bree had aanstonds de gruwelijkste hekel.

Hij begon met de les, dicteerde, liet omwerken. Hij wandelde zacht door de smalle serre. Zij scheen luw te liggen. Hij hoorde geen wind. In de verwarmingsbuizen tinkelde het tevreden water.

De hovenier liep tussen de kweekbedden, hij overschouwde de gebogen bloemhoofden. Hij keek neer op de schriften waar de pennen schreven.

Hij zag nu weer mensen. Hij zag het schrift langzaam ontstaan, dat raadselachtige, eigenste wellicht van de mens. Het trof hem dat hij dit niet verwachtte. Het madonnaatje zette zeer lelijke hanepoten, haar zuster schreef rustig kleurloos, de lange hulpeloze dik en onbehouwen, met maar een paar letters op een regel. De vorst schreef gelijk een grondwerker. Alleen Jérôme Fléau had een schrift van voornaamheid. De Bree nam daaraan geweldige aanstoot. Hij zette een barse haal met blauw door iets dat niet zeer fout was. De mooie jongen keek koud op.

De Bree ging verder. Het was een kleine klas in een smal lokaal. Er waren er twaalf. Er was één absent. Het licht was op.

Hij keek op de hoofden. Hij vroeg zich af wat daar werd gedacht. Het interesseerde hem oppervlakkig. Hij boog soms diep over de schedels. Hij wilde daaronder de gedachten horen stromen. Hij zag frisuur, pommade, pieken, slordigheid. Het was hem alles volstrekt onbegrijpelijk. Maar hij wist dat hij stond voor het gewone raadsel van de andere mens, en voor niets meer. Het kon hem bitter weinig schelen. Hij had het flauwtjes horen stromen. Hij liet ophouden met een snauw.

Hij zette zich op het plankier, hij stopte vast zijn pijp. De klas zag het aan, zonder hoogmoed, zonder onderwerping, stil en correct. Hij draaide zich langzaam naar de ene die iets was, hij keek tegen twee aquamarijnen. Daar zat een gevaar, en een groot.

Er werd niet gekucht, er werd niet bewogen, vijf minuten lang, dan alleen met de ogen. De bloemen stonden beweegloos in de bladstille lucht. De geur van de klas bezwaarde.

Toen de laatste bel ging, die dag, stond De Bree in de deur, en ging niet opzij. De klas maakte zich smal langs hem heen.

DE STRAFDAG

Van der Karbargenbok was voor één hele dag weggezonden. Bint had over deze inkorting van straf geen uitleg gegeven. Het stelde De Bree teleur. Hij was te trots om te vragen. Hij had toch altijd zeven blijvers.

Hij was 's middags terug vóór twee. Hij had geen andere blijvers dan uit de hel. Hij deed er het licht aan, liet de deur open. Telkens ging de deurbel. De conciërge slofte af en aan. Het gespuis kwam binnen. Ze waren ongeveer op tijd. Hij liet het zo.

Hij wenkte de laatste, en deze sloot de deur. Ze zetten zich op hun plaats. De Bree ging het na op de plattegrond. Ze zaten goed. De zeven zaten over de gehele klas verspreid. Het leek een klas met enorm veel zieken. De Bree glimlachte inwendig. Dit waren geen kerels om ooit ziek te zijn. Er waren zes kerels, en dan was er de vrouw.

De Bree kon in haar geen meisje zien. Zij leek er niets op. Het was een vrouw, jong of oud, stuitend. Ze heette Schattenkeinder. Ze hadden allen hun boek bij zich. Het boek van Schattenkeinder was afgevreten en verscheurd. Het hield aan één lange draad. Het was de staart van een vlieger.

De Bree liet een half uur niets doen, toen overschrijven uit het boek. Hij had geen lust zich in te spannen. Hij gaf expres geestdodend werk. Zo werd het drie.

Hij stond op om door het gebouw een pijp te roken. Bij ieder zette hij een kruis met blauw achter het laatstgeschreven woord. Toen liet hij verder schrijven en ging, de deur dicht. Hij sloeg vuur in de vestibule, doorwandelde de lange gangen, keek in de kale lokalen, het laboratorium, de schoolbibliotheek. Toen de trap op, de bovengangen, weer de kale ruimten. Hij trof ergens een leraar die twee jongens deed nablijven. Hij kende deze niet. Hij stelde zich voor. Het was Ridderikhof, een voos mens, vroeg oud, puilogen, tegengehouden door strakgespannen linten van oogleden. Hij had met zijn hand in dun grijzend haar gezeten. Het stond met een grappige kuif. Ridderikhof praatte even. Hij had iets vriendelijks, iets dat voor de school een tikje te zwak leek.

'Ik heb er zeven beneden.'

'Laat je ze alleen?'

'Ze schrijven.'

Hij wachtte.

'Ik heb een kruis gezet achter hun laatste woord.'

'Leep.'

'Mij nemen ze er niet tussen.'

Hij keek naar de jongens. Hij kende deze niet. Het waren twee bruinen. De kennismaking kwam nog. Ze leerden, ze zaten als blokken, toen ze hem eenmaal hadden gezien.

Ridderikhof rookte een sigaretje dat nogal stonk. Zijn hand stond naar de sigaret en was vergeeld. De Bree bleef wat uit de buurt.

'Wanneer ga jij?' vroeg hij.

'Vier uur. Jij?'

'Zes.'

'Tjonge!'

De Bree ging voort. Hij keek in lokalen. Hij ging nog hoger. De wereld was hier onbewoond. De vertrekken waren ongemeubeld, verscheidene afgesloten. De school stierf. Aan het eind was een museum met stoffige vitrines. Hij hoorde krakelen. Hij liep de gang weer terug. Aan het andere eind zag hij het zwarte schepsel van de vorige dag tegenover een verdroogde harpij in een deur. Daarachter doemde het zware lichaam op van de beurse conciërge.

Op het zien van De Bree brak de feeks haar heibeltje af, de conciërge zijn fijne glimlach. De deur van hun woning sloeg dicht.

De werkster, op kapotte sloffen, gleed geluidloos langs hem. Ze had iets grof interessants. Het diepzwart haar was niet zonder behaagzucht gekort. De ogen waren licht in een teint van opvallend wit. De mond was anemisch en sensueel, iets open. Ze tandelachte langs hem de trap omlaag.

Vervloekt, wat een wezen, dacht De Bree. Hoe kan Bint zo'n...

Hij had een herinnering aan een lenig lichaam en grove lompe tanden.

Hij wachtte even om geen schijn te wekken. Toen naar de klas terug. Er was redelijk achter de kruisen doorgeschreven. Hij hield ze in het oog. Hij nam deze enkelingen nu beter in zich op.

Er waren Whimpysinger en De Moraatz. Ze zaten naast elkaar, ze hoorden bij elkaar. Hij zou later zien dat ze onafscheidelijk waren. Het toeval had hen gelegeerd tot een twee-eenheid. Whimpysinger was groot en bleek. De Moraatz was klein en bleker. Whimpysinger had hardgroen tandschimmel en rossige ogen. De Moraatz zijn tanden waren gewoon bruin. Zijn krieloogjes zonder wit pasten als een git in een ring. Zij keken met de woedende wanhoop van een rat, die wordt geworgd.

Er waren Ten Hompel en Heiligenleven. Het hoofd van Heiligenleven, van breed naar spits, was tegen een troffel aangeboetseerd met slordige kwakken natte kalk. Het zat met een rare steel op zijn schouders. Hij was heel klein, enkel hoofd.

God, God, wat een klas, dacht De Bree. En zo waren er

meer dan twintig. Er was goud mee te verdienen op de kermissen.

Ten Hompel was weer anders. Hij hapte onder het werken naar een insekt. Hij had een zwarte doggetronie. Hij was voor een dog te levendig. Deze keek onder het werk bliksemvlug op naar De Bree, honderd maal. Zijn oogjes waren meer herder dan dog, en meer wolf dan herder. Deze was vrij stevig, en enkel kaak.

De vrouw Schattenkeinder was een sloddervos met een ragebol. Tien toppen zaten dik onder de inkt. Ze kauwde aanhoudend. De Bree kwam er bij.

'Mond open.'

Onmiddellijk geulde de mond. Hij was onbeholpen gebeiteld, een nat, rood hol vol ouwe tandjes van vergeeld ivoor. Dicht ging de mond en weer malen.

'Mond stil.'

'Kan niet.'

De vrouw barstte los in gierend grienen, tien tellen lang, plots geëindigd. Het kauwen herbegon. Niemand keek. De Bree haalde zijn schouders op, ging terug. De vrouw zat met een nat gezicht zonder zakdoek haar schrift zeer te vlekken.

Vooraan zat Voorzanger. Deze was de menselijkste van allen. Hij was een bleke jood met een bril. Hij dreef een vrijpostige blik door hooggeleerde glazen. Als zijn oog niet brutaal stak, glinsterden brutaal zijn glazen. Hij was hoogst effen en afwezig, een jong geleerde. De Bree hoorde dat hij een jong schaakwonder was die simultaan speelde tegen dertig keien van spelers.

Nittikson was een groene gluiper, ogen die telkens draaiden naar de hoeken en omhoog, aldoor op de rand van een epileptische aanval. Soms kwam gering schuim aan zijn mondhoeken. Verder kwam het niet.

De Bree meende hier te dromen. Hij wekte zich, zette weer kruisen, ging heen.

Remigius wilde wel praten. De Bree had hem in de leraarskamer gezien. Remigius had een paar boeken uit de bibliotheek der leraren voor zich. Hij was om vijf uur nog even komen werken. Hij was nu haast klaar.

De Bree vond het hier gezellig. Er was boven de tafel één biljartlamp aan. Het was er warmgroen. Zij rookten even zwijgend, Remigius zijn sigaret, De Bree zijn pijp. Remigius sloeg het boek dicht, tuurde naar De Bree. Hij zat in het duister, De Bree ook. Het licht was tussen hen. Zij vonden elkaars ogen achter het licht. Er was een verstandhouding.

Welk een mooi menselijk oog, dacht De Bree. Een gedachte viel hem in. Hij liep naar het lesrooster.

'Juist,' zei hij.

'Wat?'

'Ik wou weten wie gisteren na mij les heeft gegeven in de hel.'

Hij zei het natuurlijk.

'De hel? De hel?... O ja, jij noemt dat zo. Jij bent sensitief... Wel aardig, de hel... Het is geen naam voor Bint.'

De Bree vroeg geen uitleg. Hij begreep het wel zo.

Hij vroeg:

'Gaan we straks zover samen?'

'Als je niet te lang blijft.'

'Tot zes.'

'Dat kan... Zeg eens, wie kwam er na jou in 4D?'

'Keska.'

'Je zet een gezicht van triomf.'

De Bree lachte, leunde breed.

'Ik ken ze nou allemaal hier, de leraren, Keska alleen valt uit de toon.'

'Bint heeft hem toevallig niet gekozen.'

'De anderen wel?'

'Gekozen of gevormd.'

'Ben je allang hier?'

'Ik werk tien jaar onder Bint.'

'Zo.'

'Maar ik heb de laatste vijf pas geleerd.'

Remigius ging op zijn beurt breder zitten.

'Dat is een historisch feit voor de school. Het begon met de nieuwe cursus, vijf jaar terug. Bint riep ons allemaal een half uur eerder op, voor een vergadering. "Het oude stelsel is van nu af dood, ik heb in de vakantie nagedacht", zei hij. En heel in het kort sprak hij van de eis van een stalen tucht, van het nòg oudere als het nieuwste.'

De Bree knikte, hij herinnerde zich.

'Het was een andere man, die daar sprak. De slag van zijn zinnen was kort geworden, zijn woord had de toon van de absolute despoot. Wij zijn allen met hem meegegaan, ook zelfs – je lacht – Keska, al kan die niet zo mee. We voelden dat Bint zijn vorm had gevonden op het laatst van zijn leven.'

'De reden?'

'Dat weet niemand. We hebben hem nooit goed begrepen. Hij werd ons toen eerst recht onbegrijpelijk. Maar hij werd bovendien superieur. Binnen het jaar was er oorlog met de wethouder. Het regende klachten van de ouders. Het werd een school van onbarmhartigheid, maar het werd een school.'

Remigius stak een nieuwe sigaret op.

'Nu drie jaar geleden waren er onder de honderdtwintig nieuwe leerlingen een stuk of dertig nogal gekke kinderen, kinderen waren het toen nog. Het was maar toeval. Bint maakte er een klas van. Dat is 4D, je zult over tien jaar zien, wat die oplevert. Zes zijn er van lieverlee afgevallen. Nu is de klas compleet. "Mijn gaafste werk", moet Bint eens gezegd hebben.'

'En?' vroeg de Bree in een pauze.

Remigius dacht.

'Bint is zo een man, hij gaat over lijken, ook over zijn eigen lijk. Het volgende is hier bekend. Hij had een schoonzoon, een commissionair die eerst een paar ton passief maakte en zich toen heeft opgeknoopt. Bint nam zijn dochter met twee kinderen in huis en ging de schuld afbetalen. Hij begon daar zeker vijftien jaar geleden mee. Hij zal nog twintig, dertig jaar betalen. Hij betaalt tot zijn dood. Hij komt er nooit uit, maar hij betaalt. Bij hem thuis kan geen blind paard kwaad doen.'

'Weet je het van hemzelf?'

'Nee, natuurlijk.'

Remigius werd kort, haast vijandig. De Bree voelde het lompe van zijn vraag, wilde het herstellen, en vond een lompe gemeenplaats.

'Hij moet een goed mens zijn.'

'Ik ben overtuigd,' zei Remigius ernstig, 'dat goed of slecht voor Bint niets, maar dan ook niets betekent. Ik ben overtuigd, dat die nieuwe werkster, je weet, dat beroerde schepsel, als agent provocateur voor de conciërge is bedoeld.'

'Kom, kom.'

'Waarom niet? Hij gaat over lijken. Die conciërge moet weg. Hij was vroeger redelijk. Hij is nu een gevaar voor de tucht geworden. Ik heb het zelf meegemaakt hoe die man langzaam aan is afgezakt. Bint weet dat hij heult met Fléau, maar hij heeft geen bewijs, tegen de een niet, tegen de andere niet. Die conciërge moet zichzelf nu onmogelijk maken met die werkster. Bint heeft die werkster ergens opgedolven. Ik ben overtuigd van Bint zijn bedoeling,' herhaalde Remigius ernstig. 'Ik heb vijf jaar onder hem geleerd, ik doorzie hem niet, maar dit wel. Ik vind hem niet goed of slecht, maar superieur.'

'Hoelang is die werkster hier?'

'Vanaf de nieuwe cursus.'

De Bree dacht aan wat hij daareven had meegemaakt. Hij vond het niet meer onwaarschijnlijk. Hij meende dat de toeleg al begon te lukken. Hij zei niets.

Hij kwam terug in de onveranderde hel. Er was weer tamelijk geschreven achter de kruisen. Hij liet inrukken één minuut voor zes.

Remigius wachtte. Ze gingen een eind samen. De Bree vertelde iets van zichzelf.

DE BREE

Hij liep over de bruggen, boven het vele water naar de zuideroever. Het was een tocht van een uur. Maar hij liep graag. Hij liep om te kunnen denken.

Hij kwam op zijn kamer. Het eten was lauw. Hij at flink, zonder aandacht. Hij liet afruimen, zette zich aan zijn bureau, trok een la open en nam zijn manuscript door.

De Bree had weinig eisen. Zijn kamer was kaal. Hij leefde van wat lessen. Hij had de school genomen uit nieuwsgierigheid en voor een afleiding. Zijn eerzucht was de wetenschap.

Hier, in de werkstad, kon hij niet veel werken. Hij moest dikwijls naar de bibliotheken van andere steden. Hij werkte heel langzaam.

Hij had een grote studie opgezet over Anna Maria van Schuurman. De inleiding was gereed en heel goed. Zij liep over de geleerde vrouw. Hij stelde voorop, dat hij er weinig van begreep.

De Bree begreep een massa niet van de vrouw in het algemeen. Hij raisonneerde daarover graag bij zichzelf. Hij bewonderde haar grenzeloos, maar nooit individueel. Hij was vrijwel a-seksueel. Hij begreep volstrekt niet wat een vrouw in een man zag. Stootten deze afgeronde wezens zich niet aan de hoekigheid van een man? Haalden ze hun teer vel niet open aan zijn ruwe stoppels? Drukte zijn lijf als een ongeschaafde kist geen blutsen in hun tere substantie? Waarom bleef een vrouw in de tegenwoordigheid van een man opgeruimd? De Bree lachte nooit. Hoe lachte een vrouw altijd?

Als een man zijn hersens niet had gehad, was er werkelijk niets overgebleven.

De Bree zijn studie handelde eerst over de vrouw, en dan over de geleerde vrouw. Hij begreep daarvan nog minder, maar hij zette haar toch laag neer. De vrouw was altijd een kunstwerk, soms een kunstenares. De man was nooit een kunstwerk, maar soms een geleerde.

De Bree las hier en daar nog eens in zijn inleiding. Het was niet buitengewoon nieuw, maar daarom nog niet slecht. Men hoefde niets nieuws te zeggen. Men zei het maar in het geluid van zijn tijd. In deze bladen was De Bree de zender van zijn eigen tijd. Het klonk werkelijk heel goed.

Hij dacht aan de school. Het was wel wenselijk zijn kracht te meten met de werkelijkheid. Deze stad was toch een stad van werkelijkheid. Ze was vol van het geluid van haar tijd. De Bree barstte van kracht. Het kon niet alles afgeleid worden in de kanalen van het schrijfwerk. Daarom was de school goed voor één schooljaar. Hij had er over gehoord, – deze school wilde hij meemaken. Voor één jaar.

De Bree zag de selecte Remigius, en de anderen, allen op één na goed. En hij zag Bint achter allen staan. En toen zag hij Bint vóór hen staan. En toen zag hij Bint alleen.

BRUINEN, GRAUWEN, DE HEL

Remigius had tegen De Bree gezegd: 'Je hebt je snel aangepast, ik denk onmiddellijk... Bint kiest zijn mensen.'

Zo kwam de lof neer op Bint.

De Bree inderdaad voelde zich dadelijk thuis, ook in het ergste milieu der school. Was het virtuositeit? Zat het dieper, en was het gave, fantasie?

Hij gaf les in nog twee andere klassen, een bruine, een grauwe. Hij zag dat een klas een wezen was.

De grauwe was goedaardig, arbeidzaam, kleurloos, slecht.

Ze wilde zo graag mee. Onder het schrijven kwamen tongpunten te voorschijn, klonk gesteun, glinsterden voorhoofden van inspanning. De Bree had een half uur van medelijden. Toen voelde hij, dat het zo een klas was die eensklaps kon omslaan tot tuchteloosheid, rebellie. Zijn oog werd hard, hij was van toen af zeer streng, verbood het steunen met een klap op de tafel. Het werd toen zwaar zuchten dat hij nimmer kon keren.

In de bruine had hij plezier. Er waren daar twee bruine jongens, die hij vroeger had gezien. Er lag een waas van bruin. Er was doodstille aandacht. Vijftig ogen weken niet van zijn mond, hij sprak zijn woord tegen klankborden van oren. Vingers gingen omhoog, aldoor, aan strakgespannen armen, zo hoog mogelijk. Het was niet van de lucht, het ging bij vier, vijf tegelijk. Wanneer er werd geschreven vielen ze als roofdieren over hun schriften. Hij had gemerkt dat de klas alle andere voor was. Daarin school het gevaar van de hoogmoed. De klas kende haar knapheid. De Bree liet merken, dat ze nog absoluut niets was. Hij was ook daar streng. Hij was het overal. In deze twee klassen kon hij het af met enkel strengheid. Ze waren doordesemd van Bint's stalen tucht.

En toen was hij weer in de hel. Les gaf hij er niet, hij zat maar, àchter de tafel. Hij keek langzaam rond, maar hij was bang voor verslapte waakzaamheid, hij nam niet teveel stuk voor stuk in zich op. Het was ook nog te bont voor bezonnen aandacht. De gier zat achterin met kleine gloeiende ogen langs zijn snavel, een gier die in lang geen aas vrat. Deze kende hij, en hij kende ook Schattenkeinder en nog een paar. De anderen herkende hij, maar hij kende ze nog niet. Dat kwam later.

Hij keek telkens naar de kleine sfinx vooraan opzij in de grote bank, naar het blok graniet van zijn hoofd. Het had van boven en van achter een dunne laag humus, daarop groeide een gewas, niet te determineren, met de kleur van een dolle kastanje.

De kleine sfinx Klotterbooke nam De Bree toch zeer goed op. Twee-, driemaal spleet een ondoorgrondelijke lach het graniet scheef in twee. Dan sloot hij zich gelijk Sesam achter Ali Baba.

Deze Klotterbooke infecteerde de hel die hem kort nagrijnsde, zonder geluid. De Bree liet het voor wat het was, na enig denken. Hij verbood het grijnzen evenmin als het ademen. Hij liet de deur open. Hij gaf geen les.

De tweede keer was er een vlugge stap. Bint stond vlak naast hem. Langzaam, luid, zonder naar Bint te zien, zei De Bree: 'Ik tem.'

Bint zei niets. De klas grijnsde. Dit moment vergat De Bree nooit: Bint vlak naast hem. Hij had zijn grijze pak met een vinger kunnen beroeren. Later, in zijn ontzaglijke verering voor Bint, overdacht hij graag dit monumentaal moment.

De derde keer sloot hij de deur. De vierde keer begon hij de les, heel langzaam, heel peilend, àchter de tafel.

NAAR KERSTMIS

De Bree zijn voorganger had nog les gegeven tot einde september. De Bree kwam in november. Aan zijn vak hadden de vier klassen een maand niets gedaan. Na een week van aanpassen gaf hij vol gas. De bruine snorde vooruit, de grauwe ging moeilijk, de bloemenklas zo'n gangetje, de hel log.

In de serre met de bloemen was hij niet graag. Hij kreeg er slaap. De tucht was goed, maar hij vond het saai. Hij sliep in een trein. Zijn elleboog schoot van de leuning. Hij schrok wakker en zag Fléau. Het ging zo door. Dàn kreeg hij slaap, dàn zag hij Fléau.

Een klas was een wezen. De leraren waren een wezen. Dan was de school een wezen. Zo deze.

Ik heb geboft, dacht De Bree.

Hij had twee ogenblikken van grote vernedering.

Hij stond voor de trap naar de hel. De werkster kwam langs. Hij keek even. Het was volstrekt onwillekeurig. Hij keek even naar haar. Ze moest denken, dat hij òm haar keek. Met een vage glimlach gleed ze verder op kapotte hielen.

De Bree voelde Bint in de buurt. Hij keek en zag Bint en zag nu voor het eerst dat Bint ook keek. Bint had nooit bepaald gekeken door zijn bril van bloed. Bints oog vonkte van spot.

Vervloekt, dacht De Bree, ik heb niks gedaan! Waarom laat die lammeling dat schepsel onder schooltijd toe?

Hij donderde omlaag naar de hel. Maar de hel was altijd eender en niet te verontrusten. Toen dacht hij over zijn kijken na. Het was niet zuiver geweest. Het was niet erg, maar ook niet zuiver. De sensualiteit van het schepsel trok hem. A-seksueel was hij? Morgen brengen. En hij dacht anders over Bint.

Het schepsel had een paar dagen later een zwart oog. Haar kerel natuurlijk, dacht De Bree. Hij was ineens genezen.

Hij maakte de fout zijn genezing te willen tonen. Het was net een week na zijn vorig kijken. De werkster had op dat uur te doen in zijn buurt. Zij kwam langs. Haar oog was bont. De Bree keek de andere kant op. Hij keek recht in het oog van Bint. Bints oog vonkte van spot.

De Bree stond ziedend voor de hel. Vervloekt, had Bint dat wezen gekozen tot zijn schande? Toen dacht hij, en gaf Bint alweer gelijk. Dit was óók niet zuiver geweest. En hij ging leven alleen voor zijn werk.

Er was in de hel nog wat te zien. Hij was nu bezig aan de laatste duivels. Na een half uur was hij voldoende afgekalmd, liet schrijven en nam de laatste duivels op.

Daar zat Peert, altijd verbonden. Hij had een manie van zwikken, struikelen, vallen. Hij viel altijd ongelukkig. Hij viel met zijn polsen door ruiten, met zijn kin door hekpunten, met zijn benen door waterroosters, met zijn slapen op trottoirbanden.

Daar zat Steijd, de gorilla, vol zwart haar overal. Zijn pen veegde hij af in zijn haar, op zijn tong. Armbanden van inkt hingen grillig om zijn zware polsen. Er was in hem iets machtig dierlijks. Hij was haast onverstaanbaar. Hij had het hees gebrabbel van de machtigste superprimaat.

Daar zat Bolmikolke, een Kalmuk, achttien jaar, kaal als een hand. Aan deze danste alles. Hij danste niet zelf. Zijn blikken bril danste op zijn neus, zijn blikken ketting danste op zijn buik.

Links achterin zaten twee vervaarlijken. Ze waren Kiekertak en Taas Daamde, – Kiekertak, een diepzeemonster, enkel gebit, twee gebitten, – Taas Daamde, een duivel voor een spulletent, een meter hoog, een meter breed, een halve meter diep, een blok vlees als een blok geperst hooi. Zij zaten in één bank. Ze kropen niet bijeen. Ze zaten vanzelf tegen elkaar, aan elkaar.

De hel ging in een logge gang door het werk. Hier wou De Bree niet slapen, maar hij wou dromen, wegdromen in het werkelijke. Het was zijn gevaar. Als hij even toegaf moest hij opnieuw beginnen, was het misschien onoverwinnelijk. De grijns van Klotterbooke vloog langs een lont over alle gelaten. De Bree voelde dit als onuitroeibaar. Hij snoeide. Het mocht niet hoger komen. Het kwam niet hoger. Het lesgeven was moeilijker dan het stilzitten. Hij was in de aanvang bek-af van één uur les in de hel.

Het werk werd er nauwelijks voldoende afgeleverd, maar egaal. Voorzanger kon uitblinken, hij wou niet. Het arbeidsbeeld vertoonde een wonderbaarlijke uniformiteit. Hij gaf enkel vijven.

Er was soms begin van opstand, maar nooit collectief. Hij deed rustig terugkomen op de vrije middag. De eerste vier weken was hij steeds terug op de middag van woensdag en zaterdag, en van twee tot zes, tweemaal ook des avonds van zeven tot tien. Eén duivel deed hij nog wegzenden voor een dag.

Op de strafdagen zaten ook gestraften uit de andere klassen, maar zeldener. Met december ging het luwen. Eenmaal had hij een week zonder straf.

Tegen de kerstvakantie wachtten er na schooltijd drie uit de hel. Zij wachtten op hem bij de leraarskamer. Steijd was onder hen.

Hij kwam op de gang.

'En?' vroeg hij.

Zij waren een deputatie uit de hel. Steijd was hun woordvoerder. Het kwam moeilijk tot uiting. De klas deed vragen of hij vrede wou sluiten.

De Bree toonde van zijn enorme verrassing geen spoor.

Kort zei hij:

'Nee.'

En hij zei nog eens:

'Nee.'

Ze gingen heen.

Daags daarna zat De Bree in de hel, àchter de tafel.

DE SAMENKOMST

Op de laatste avond toen de school was gesloten kwamen zij samen voor het kerstrapport. Bint verzond het de tweede dag van de vakantie.

Ze zaten om de tafel. Bint zat voor. Zij zaten in de schemer, licht op hun handen, hun papieren.

Bint zat ver van De Bree. Hij zat rietmager, kaarsrecht. Bint had zijn gewone gezicht, zonder uitdrukking. Zijn handen lagen oud en mager in het licht. Zijn stem was effen, zijn grauwe sik bewoog nauwelijks.

Bint zei:

'Voor de nieuwe leraar De Bree verklaar ik, dat een slecht eerste rapport beslist. Een scholier haalt een slecht eerste rapport niet op. Dat is hier beginsel. Ik weer zo mogelijk de zittenblijvers. Ik adviseer de ouders de leerling met een slecht eerste rapport van school te nemen.'

Zij begonnen met de hoogste klassen. De Bree gaf er geen les. Hij merkte dat het snel ging. Bint las alle cijfers. Zij heetten op het rapport lerarencijfers. Bint las ze roef achter elkaar. Dan stelde de vergadering het beslissende cijfer vast. Het was niet het gemiddelde der lerarencijfers. Het heette op het rapport schoolcijfer. Een onvoldoende schoolcijfer was een slecht rapport.

Over het schoolcijfer was soms enige gedachtenwisseling, doch zonder omhaal. Men trachtte zijn indruk van een leerling kernig te zeggen. De meeste cijfers werden dadelijk bepaald. Een debat duurde hoogstens drie minuten. Het was zeldzaam.

De Bree had hierbij niets te zeggen. Na een wijle ging zijn aandacht van het gezegde naar de vergaderden.

Naast Bint zat Donkers. Hij hield de notulen. Hij herinnerde aan Bint, gesloten, effen. Er ontbrak hem iets essentieels. Hij was te weinig zichzelf, te veel kopie. Zijn hand was oud en mager, maar rul en rood. Hij was zuur. Daarin lag zijn persoonlijkheid. Hij zei zure rake dingen. Misschien leek hij meer kopie. De Bree kreeg langzaamaan waardering. Men moest Donkers niet zien naast Bint. Donkers was zeker een eminent leraar. Hij had de kern van een eminent directeur.

Het was in de leraarskamer gauw rokerig. Zij rookten niet terwille van de vrouw. De vrouw rookte een sigaret.

De Bree had To Delorm weinig ontmoet. Hij bekeek haar goed. Hij dacht aan zijn studie over de geleerde vrouw. Zij was resoluut, maar niet heersend. Naast Bint was een heerser ondenkbaar. Zij was naar geijkte maat niet mooi. Zij had een frisse stem, krachtig, niet kinderlijk. Zij was de enige die lachte. Daarvoor misschien was ze vrouw. Zij had nu en dan een briljante glimlach met hagele tanden in een wijde mond. Ze had de virtuositeit der vrouw om te glimlachen zonder innerlijke vrolijkheid, en toch natuurlijk. Zij was een complete vrouw. Zij was de tooi die de vergadering behoefde om niet ernstig te zijn. Zij was buitengewoon, De Bree keerde telkens tot haar terug. Soms lichtte de schemering op van haar bril. Hij moest denken dat dit Bint in zijn hart niet ongevallig zijn kon.

Haar tegendeel was de zwarte Nox. Hij sprak langzaam, en heel weinig. Zijn stem kwam altijd uit de vloer. Hij had een noodlottige blik. Zijn snor deelde zijn gezicht in twee sombere stukken. Het was de verkeersstreep over een somber plein. Hij had de somberheid, het gebrek aan levensvreugde van de arbeider. Bij andere gelegenheden zag De Bree hem glimlachen. Het was vertwijfeling. Hij had de imposante handen van wie vroeger de moker heeft gezwaaid. Tussen zijn vingers was zijn potlood een naald. De Bree wist van zijn vroeger leven niets dan dat hij werkman was geweest in een staalgieterij. Maar van deze vierkante handen kon hij houden.

Het waardigste was Talp. Deze bleef aan De Bree tamelijk vreemd. Hij was volkomen evenwichtig, maar wist het van zichzelf te goed. Hij was de enige die poseerde, weinig, maar toch zo dat het opviel. De Bree kwam er soms bijna toe de pummelige Keska te stellen boven Talp. Keska was te doorzien, Talp had ambitie, Talp had een achtergrond.

De Bree had eens bij Talp gehospiteerd. Talp ging naar de smaak van De Bree iets te ver. Er was wel reden tot bewondering. Talp bereikte met geringe middelen een voorbeeldige orde. Maar hij legde de klas meer dan tucht op, een druk.

De Bree voelde voor de zwakke Ridderikhof. Zijn grijs haar stond met een kakatoekuif. Hij had iets beverigs, hij moest ziekelijk zijn. Hij had het uiterlijk van iemand met veel lichaamspijn. Hij klaagde nooit, hij toonde nooit pijn, hij was nooit absent. Het beverige was er zonder dat hij beefde. Hij gaf een indruk van zwakte en was het toch niet. Hij had zijn eigen lijf onder de stalen tucht van zijn wil, en daarmee de klas.

De drie afdelingen der hoogste klas waren binnen het uur afgewerkt. De Bree ging anders zitten. De beurt kwam aan hem. Het ging met dezelfde snelheid.

Niemand had een opmerking over de klas die hij de bruine noemde. Het gehalte daarvan was in alle vakken vrij hoog.

De bloemenklas gaf een cijferbeeld, dat slordig was door ongelijkheid. Keska zei dat hij het er benauwd vond. Bint trok alleen even met zijn schouders. Bint zei:

'Ik waarschuw ieder voor Jérôme Fléau.'

De Bree had heimelijk plezier dat hij deze leerling aanvoelde als zijn directeur deed.

In de grauwe klas werden vijf onvoldoende schoolcijfers gegeven. Over een daarvan werd gedebatteerd.

Het betrof de leerling Van Beek. De Bree kende hem als slecht. Deze jongen was heel zenuwachtig, op de grens van overspanning. Hij had een sidderend schrift. Ridderikhof pleitte clementie. De jongen had het thuis moeilijk. Zijn vader was dood. Hij moest de natuurlijke verzorger worden van het gezin. Zijn moeder had een agentuur in thee en koffie. Hij moest er veel op uit voor bestellingen en kwitanties. Zijn moeder was lastig. Hij werkte heel laat, hij sliep te weinig. Zonder het schooldiploma werd hij nooit iets. Hij wilde over twee jaar gaan verdienen, op een kantoor, in niet al te subalterne functie.

'We weten dat,' zei Bint.

'Ik heb gehoord,' zei Keska, 'dat hij dreigt zich van kant te maken als hij geen voldoende haalt.'

'Hij dreigt?' vroeg Bint effen.

'Nu ja.'

'Hij moet doen wat hij niet laten kan.'

Dit zei To Delorm. Het klonk De Bree hard uit de fraai gegarneerde mond. Hij merkte het van zichzelf. Hij voelde dat hij toch nog niet zo was doorijzerd als de meesten.

'Er is geen reden iemand te sparen die zelfmoord aankondigt. Waar gaan we heen?'

Dit zei Bint. Het was beslissend voor De Bree.

Toen er gestemd werd was alleen Keska voor voldoende. De Bree had zich gepantserd. Van Beek kreeg een drie. Bint zei spottend:

'We hebben vijf minuten gekeuveld over één leerling. Hoelang over wie volgen?'

Het ging van een leien dakje. De hel kwam aan de beurt. Men schoot er doorheen. De Bree had gedacht over, gehoopt op rake opmerkingen, van Bint speciaal, wiens lievelingsklas dit toch heette. Men kon uren over dit unicum spreken. Maar het ging hier niet om beschouwingen, hoe belangwekkend. Het ging om cijfers. Bint las roef de lerarencijfers op. Het was goed noch slecht. De Bree hoorde vijf, vijf, vijf. Een heel enkele zes, een heel enkele vier. Er werd niet in het minst gediscuteerd. Het schoolcijfer werd onmiddellijk bepaald, nergens met afwijking van het gemiddelde der lerarencijfers. Het schoolcijfer was voor de gehele hel vijf. Zij waren er doorheen.

'Ik moet nog iets zeggen,' zei Bint.

Zijn handen lagen tenger, oud en stil in het licht. De Bree keek van Nox naar Bint. Hij hield meer van de handen van Bint.

'Ik verwacht na de vakantie moeilijkheden. Het is niet onmogelijk...'

Hij hield op.

'...het is mogelijk...'

Hij hield op.

'...het is waarschijnlijk, dat de leerling Van Beek zelfmoord zal beproeven, misschien zal plegen. Fléau stookt al lang onrust. Ik wil hem van school hebben. Ik heb geen steun van de wethouder. Fléau zijn vader is een aanzienlijk burger hier. Als Van Beek sterft krijgen wij ernstig verzet. Het verzet zal ons helpen de school te zuiveren. Het zal een laatste en grondige zuivering zijn.'

Bint vervolgde:

'Driemaal, de laatste drie jaren, hebben leerlingen met slechte rapporten zich zonderling gedragen, zijn gaan zwerven en dergelijke. De ouders in angst, de politie op de been. De school krijgt de schuld, de ouders hebben de schuld. Mijn kweek kenmerkt zich door evenwichtigheid. De gedesequilibreerden stoot de school af omdat zij niet willen leren gehoorzamen. Ik maal niet om de psyche van een kind, dat een rottigheid is van deze tijd.'

Bints hand kwam plat op tafel.

'Ik eis van de leraar dat hij zich niet inleeft in het kind, dat hij niet daalt. Ik eis van het kind dat het zich inleeft in de leraar, dat het klimt. Ik eis dat het zich inleeft in tien leraren. Ik eis dat het tienmaal gehoorzaamheid zal kennen, tienmaal tucht, dat het door tien volwassenen zal worden getuchtigd.'

De jeugd is bezig zich te constitueren tot grote groepsverbanden die elke zondag langs de straten gaan. Zij hebben een gevaarlijke schijn van schoonheid. Het individu gaat in hen onder, maar niet uit gehoorzaamheid. Het individu is mededrager van een collectief machtsvertoon. Het gaat op met de anderen in gelijke wil. En het gaat onder in macht. De groepsverbanden zijn de ontbinding van het individu, omdat het geen gehoorzaamheid leert, maar macht. De mens mag niet meer massa zijn dan voor de staatsorde nodig is. Hij mag geen leger vormen dan het staatsleger. Al deze zondagslegers zijn infect. De mens moet gehoorzaamheid leren en tucht. Daardoor onderwerpt hij zijn wil en ontdekt hij zijn wil. Dit alles,' zei Bint, 'is niet nieuw. Maar het is nodig om wat volgt.'

En hij ging door:

'Ik waardeer het vanavond gevoerde debat. Het was precies, concies. Maar ik weet dat er onder jullie zijn die in de klas nog te veel spreken. Ieder woord in de klas moet een bevel zijn. Het bevel is kort. Het woord in de klas kan korter zijn. Wij moeten de spreekwoordelijke wijdlopigheid van de Nederlander bekampen, logenstraffen. De taal van de regering, hoog en laag, de taal van de wetten, de taal van de kranten is mij een gruwel. Ik lees geen kranten meer omdat van de tien woorden er niet één is verantwoord. Wij misbruiken onze taal steeds roekelozer. Wij prostitueren haar. Prostitutie is zedenbederf. Aan zedenbederf gaat een volk onder. Wij zijn op de helling. Als wij ons niet weten af te werken van de helling gaan wij onder aan onze taal, met onze taal.'

Bint zei nog:

'Mijn buurman heeft een grammofoon met jazzplaten, negerjazz. Ik luister altijd. Het is niet mooi, het is meer. Het is hortend, verscheurd, oer. Zo moet onze taal wezen. De welsprekendheid is dood. Wie haar opgraaft pleegt necrofilie, is psychopaat. Ik wil van mijn tijd het beste oogsten en daarmee mijn school voeden. Ik wil een kweek van reuzen kweken, niet wetenschappelijk, maar maatschappelijk. Het opgroeiend geslacht zal later zeggen: "Die was van de school van Bint." Die zullen gehoorzamen. Nu gaat.'

Zij hadden stil geluisterd. Hun monden waren saamgeknepen. Zij zaten daar, een keurkorps, een eenheid, een wezen. De kleine fouten in het wezen waren het menselijke.

Zij vertrokken, Bint voor, zij na. De Bree ging naar huis, alleen. Geen twee gingen samen. Bint vergezelde allen.

HET HERBEGIN

De Bree ging alleen naar huis. Er lag een vracht sneeuw. De maan, even aangeknaagd, verblindde. Het was roerloos. De lucht was koel tot in het diepst van zijn longen. Hij was licht van lucht.

Na twee dagen las hij in de krant over Van Beek. Een scène thuis, Van Beek weggerend, een uur rondgezworven zonder jas, toen in een gracht gesprongen. Het verbaasde De Bree niet het minst. Het was daar nog druk geweest. Onmiddellijk was hij uit het water gehaald, niet eens bezwijmd. Best mogelijk had hij de dood niet wezenlijk gewild. Maar hij stierf in het gasthuis heel snel aan pneumonie.

Zijn moeder ging naar de wethouder. Het kwam alles omstandig in de krant. Er werden vragen gesteld in de gemeenteraad. Het kwam neer op de school van Bint. Tersluiks werden er drie ruiten ingegooid. Bint deed niets van zich horen.

De Bree had wel eens willen praten met Remigius. Maar Remigius kwam niet en De Bree ging niet naar hem toe. Hij gaf zijn privaatles die doorging. Hij was in de vakantie tamelijk bezet.

Het bleef winteren. Als de sneeuw geruimd werd viel ze weer. Er stond vaak een oostenwind op zijn kamer die doordrong tot de kachel. Als De Bree warmte wilde moest hij zich buiten warm lopen. Hij verveelde zich, het lag aan het weer. Hij spande zich niet in en werd daarvan moe. Hij gaapte, had vuile nagels, schoor zich om de andere dag. Zijn pijp gaf een scherpe lucht, hij was in deze dagen een natte roker. Als hij zijn lessen had, dwaalden zijn gedachten. Soms rolde hij plomp op zijn divanbed en viel in slaap op klaarlichte dag. Werd hij wakker, dan had hij gedroomd, hij wist niet wat, en hij bekeek bevreemd zijn twee vechtvuisten. Langzaam spanden zij zich los. Als het bestaan geen strijd is, is het dan de droom? dacht hij. En hij begon weer te geeuwen en nat te roken. Zijn kamer zag blauw, zijn kostbaas kuchte met nadruk.

Hij dacht wel eens aan de werkster. Het was niet zozeer dat hij niet taalde naar vrouwen. Hij was nooit in hun buurt geweest. Zijn bewondering voor To Delorm was er een van man tot vrouw. Hij voelde dat heel goed. Het bestaan kon toch wel beter zijn dan op zo een kamer vol rook. Maar met To Delorm toch niet. Hij gooide de theorie van zijn a-seksualiteit mijlen ver weg. Maar met To Delorm zou hij toch nooit trouwen. Als hij haar vroeg te trouwen zou ze hem zien aankomen! En hij haar!

Hij was nu wel wat klaarder. Maar hij bleef toch lui en zette alleen vuisten in zijn slaap.

De laatste vakantiedag kwam er bericht van Bint. De leraren werden geconvoceerd eèn uur voor de aanvang der school.

De Bree ging rechtop zitten, een speurhond vol aandacht. Toen ging hij staan. Hij stopte een nieuwe droge pijp. Hij ijsbeerde, zijn vuisten in zijn broekzakken. Hij schoor zich met zorg, en ging zich kleden voor een gevecht en een feest. Op school kwam hij een uur te vroeg. De meesten waren daar al present.

HET OPROER

Bint vertelde van zichzelf heel weinig. Of hij wat nu kwam voorvoelde of wist werd niet bekend. Wel werd bekend dat hij de avond tevoren in de school was geweest, en dat hij een telefoongesprek had gehad met de inspecteur van het naaste politiebureau. Deze was een oud-leerling van de school.

Zij stonden in de leraarskamer te wachten op Bint. Zij keken over het plein. De sneeuw was vertreden en smeltende. Het was een vuil tijgervel van geel met zwart. Zij zagen al een enkele scholier.

Bint kwam en wees hen aan tafel. Hij was afgemeten, uitdrukkingloos als gewoonlijk. Hij sprak.

'Er zal ernstig verzet komen. De dood van Van Beek is niet de oorzaak. De oorzaak zit in de tijd zelf, in het slechte daarvan. De tijd hangt fanatiek aan leuzen, de een zo hol als de ander. De leus vervangt het beginsel. Voor een leus loopt ieder storm, ook de jeugd. De jeugd wil nu stormlopen tegen de school voor de leus van kameraadschap met de onderwijzers. Zij wil stormlopen tegen mijn systeem. Ze is in de vakantie nog eens grondig bewerkt. Ik noem geen namen dan van Fléau, omdat ik die al meer heb genoemd, en omdat hij de hoofddader is. De dood van Van Beek is hun vaandel. Ik maal niet om Van Beek. Toen hij levend was maalde ik niet om hem omdat een vroegtijdige dood op zichzelf mij niets zegt. Het bestaan van een mens brengt nu eenmaal risico's mee. Tot zover Van Beek.

Nu de school. Ik begroet de moeilijkheden die ik verwacht, en die even, heel even maar, groot zullen zijn, – groot zullen lijken althans. De school komt er beter uit te voorschijn. Aardbeving is meestal bergvorming, en ons ontzag gaat naar de bergen.'

Bint had een kort lachje.

'Ik houd niet van lyriek.'

Hij zweeg even. Hij zei nog:

'Als het gaat zoals ik verwacht zijn jullie alleen toeschouwers, maar uit de verte. Van buiten mag niemand jullie zien. En niemand hier grijpt in of verlaat het vertrek zonder mijn bevel.'

Ze moesten lang wachten. Op het plein stroomden de scholieren ongewoon vroeg tezamen. Zij stonden ook meer bijeen. Er was geschreeuw en gefluit, maar meer nog niet. Zij armgebaarden naar de drie kapotte ruiten in de voorgevel. Zij stortten hun zakken leeg van stenen en kiezels en maakten grote ballen sneeuw met het steen er in.

Op deze tijd was het werkvolk meest weg, maar hun gedrag trok toch de aandacht der vrouwen. De ramen van het plein raakten bezet met vrouwen en jonge kinderen. Velen stonden in hun open deur.

Om vijf voor negenen hieven de scholieren een gehuil aan. De schooldeur was opengegaan. De hel maakte zich los van de anderen. Het gehuil verhevigde. Er was begin van worsteling. Maar de snelle beweging had de oproerigen verrast. De hel was al binnen eer het recht was begrepen. De sterken beschermden de minder sterken. Schattenkeinder was geflankeerd door twee duivels. De complete hel was in de school, en anders geen.

De leraren hadden het gezien.

Een klas is een wezen, dacht De Bree. En hij dacht dat nu ook de anderen zouden volgen.

Zij volgden alleen hun leuze. Het verraad van de hel maakte razend. Zij dreven nu bijeen tot een hoop en de ballen met steen schoten naar de school, hoog en laag. Er waren klanken van 'Vrijheid, geen straf, we wreken Van Beek.'

Er werd gescholden op Bint en de anderen, steeds gemener. De scherven rinkelden. Elke rake worp werd gevolgd door een geloei. Er stroomden kijkers op het plein tezamen. Politie was niet te zien.

Te negen uur ging de bel. Het geluid van het oproer orkaande er tegenin. Later bleek dat Bint zelf moest hebben geopend en geluid, want de concierge was er niet. De ballen verbrijzelden aldoor ruiten. De leraren kookten om wat te doen. Het mocht niet.

'Let op,' zei Donkers.

De oproerigen stonden vooraan bijeen. Daarachter op afstand stond het volk, verspreid nog. Daarachter was het plein nog leeg. Het plein was groot. Over het lege kwam een linie in matige gang aangedraafd. Was het de politie? Zij hadden geen helmen. De linie spleet de kijkers en viel het oproerblok in de rug. Het was de complete hel. Zij kwam net op tijd. Het volk maakte zich gereed mee te gooien.

Achterin de school lag het gymnastieklokaal, met uitgang in een zijstraat. Nadat Bint de bel had geluid had hij voor de hel die uitgang geopend en weer gesloten. Twee minuten later zat de hel boven op het oproer. Het was van te voren zeker wie zou overwinnen. De hel had één wil. De overmacht der anderen was schijnbaar. De meesten hunner waren weifelaars. Ze renden op hertebenen de school in. Enkelen, maar heel weinig, vluchtten op zij van de school in de straten weg. De rest hield stand.

Maar de hel was heel sterk. De hel putte kracht uit de rechtvaardige zaak. Er werd stevig gevochten, met de weerbarstigen maakte de hel korte metten.

Het is een meesterzet van Bint, dacht De Bree, die met de anderen nu alles zag, want zij waren vanzelf voor de ramen gaan staan. Het is meesterlijk. Mannen kunnen niet tegen jongens gaan vechten. Jongens moeten het doen.

Nu het deze keer nam, kreeg het iets grappigs. Het publiek vermaakte zich, het dacht niet meer aan gooien, er werd gillend gelachen. Schattenkeinder was een furie met haar kapotte tas vol kapotte boeken. De standhouders schroomden tegen haar te vechten. De tas bonsde op hun hoofden. Eindelijk sloeg de tas op een hoofd te barsten. De geschonden boeken vlogen rond. Het publiek stond krom. Nog sloeg ze met de flarden van de tas.

Whimpysinger en De Moraatz vochten eendrachtig. Zij kozen de grootsten der vijfde klas, en bevochten dan met hun tweeën één, Whimpysinger van boven, De Moraatz van onderen.

Maar bewonderd werd de kleine Taas Daamde, de spulletentfiguur, wel befaamd om zijn kracht, maar zichzelf overtreffend. Want deze laadde een enorme schonkige vijfdeklasser op zijn rug als een baal. Zijn geperste vlees kende van nature geen pijn. Het voelde geen knepen, vuistslagen, haktrappen. Zijn vlees was enkel kracht. Zonder wankelen beklom hij de stoep en smeet zijn last over zijn hoofd de vestibule in, een onverschillig zakkendrager in het ruim.

Hij kwam terug voor een nieuw karwei, maar het was gedaan.

Bint was even naar boven geweest.

'Ieder in zijn lokaal,' zei hij tot de wachtenden in de leraarskamer. 'Maar geen les en geen woord en geen vrij van twaalf tot twee. De school gaat dicht tot vier.'

Bint stond nu weer aan de deur en ontving de hel.

Hij gaf handen.

'Kerels,' zei hij alleen.

En nu en dan:
'Kerels.'

DAARNA

De bloemenklas zat tegenover De Bree, geslagen, muisstil. Fléau ontbrak. In deze klas waren geen standhouders geweest. Ze was naar binnen gevlucht bij de eerste aanval. De twee meisjes Kret achterin lieten de bloemhoofden hangen, maar gluurden tersluiks naar De Bree. De Bree zag niemand. Hij dacht aan het geval. Het eigenlijk oproer had helemaal tien minuten geduurd, van vijf minuten voor negen tot vijf over negen. Er was in de klas een ruit stuk, er lagen scherven op het kozijn, het was er koud.

Donkers, de plaatsvervanger van Bint, wist meer dan de anderen. Hij had iets losgelaten. De conciërge had de lijst der adressen afgeschreven en aan Fléau verkocht. Daarop had Fléau in de vakantie alle leerlingen bezocht, met twee handlangers uit de vijfde. De conciërge ging natuurlijk de laan uit.

De Bree overdacht dat Bint ook niet onfeilbaar was. Hij had aangestuurd op een scène tussen de conciërge, diens vrouw en de werkster. Hij had zó de conciërge willen wegkrijgen. Hij scheen geen bewijs te hebben tegen de conciërge als ondermijner van het gezag. Nu kwam het veel eenvoudiger uit door de dood van Van Beek. De conciërge en zijn vrouw weg, Fléau weg, de werkster vanzelf ook. Nog een paar oproerkraaiers eruit, en de school gezuiverd.

Maar Bint had misschien opzettelijk het eerste plan losgelaten voor het breder plan van het oproer. Hij had misschien het oproer niet aangegrepen. Hij had het misschien geprovoceerd. Hij had misschien de dood van Van Beek geprovoceerd. Hij stond buiten Van Beek zijn neurose, maar misschien niet buiten zijn dood. Hij was een goed strateeg. Hij had onmiddellijk zijn gevolgtrekking gemaakt uit het gezegde van Keska omtrent Van Beek. Hij was een goed leider. Hij kon leiden zonder dat men het voelde. Hij zei alleen:

'Er is geen reden iemand te sparen die zelfmoord aankondigt. Waar gaan we heen?'

De vraag had machtiger werking dan een bevel. Hij legde daarmede zijn wil op, onmerkbaar. Alleen Keska was hem ontglipt. Maar een verdienste van Keska was dat niet.

En komend tot deze sluitrede voelde De Bree geen innerlijk verwijt of berouw. Het systeem der school ging hem reeds boven alles. Bint gaat over lijken, had Remigius gezegd. Dit kreeg bijzondere betekenis. Nu, *hij* ging er ook over. De school was er niet om de leerlingen. Het was de droom van Bint zijn land nog eens zo groot te maken als in het verleden. Bint zei:

'Er zijn geen slechter vaderlanders dan die spreken van "ons landje".'

Hij was eerzuchtig.

Er had heel in het begin een slag gegalmd. De Bree had het nauwelijks bemerkt. Het werd weer stil. En alleen was er een aanhoudend gerucht ergens beneden. Toen verscheen er een man achter de kapotte ruit. Dit gaf een weinig afleiding, ook in de andere klassen. Er stonden verscheidene glazenmakers tegen de gevel. Bint had alles georganiseerd. Hij betaalde de schade uit eigen middelen. 's Middags was het gebouw als voorheen.

DAARNA, DE HEL

Het oproer gedempt, de school gevuld en werkeloos, ging Bint naar Donkers. Donkers wist meer dan de anderen. Bint droeg een moker. Donkers nam hem zwijgend over. Samen gingen zij een verdieping hoger, de zijgang tot haar einde. Daar woonde de conciërge.

Zij stonden stil voor de dichte deur. Donkers woog de moker, proefde even met het staal aan het slot, sloeg in één slag het slot uit de deur. De deur vloog naar binnen. Het galmde door de school.

Daarachter stond de conciërge, gekleed. Zijn lauw en langzaam bloed kon niet voorkomen, dat hij beefde. Tien dikke witte wormen krioelden over zijn buik. Zijn kalfskop droop, zijn kalfshart klepte. Zijn ogen puilden naar de hamer.

Maar Bint deed niets en plaatste zich aan de muur, en zo deed Donkers aan de overkant. En met de hamer wees hij. En tussen hen vertrok de conciërge molmig wankelend, rug in, doodsbang voor een trap van achteren.

Zij doorzochten de woning. Er was niemand meer. De boedel zou worden opgeborgen, het slot hersteld. Daarvoor zorgde Bint, en betaalde ook dit.

Voor de hel zat To Delorm en lachte. Hier waren geen ruiten te maken. De hel zat achter vier kleine ramen van gewapend glas met ijzeren tralies. Het licht was er rood en duister. Het was in de kelder warm.

De hel rumoerde. De hel had zo een vreemdheid van altijd te rumoeren in de minuut aflossing tussen de lesuren.

De hel rumoerde nu aanhoudend. Toch hoorde To Delorm de lichte vlugge stap, en Bint stond naast haar. De hel bleef rumoeren. Bint had een taai riet in zijn handen, en iets achter zijn rug. Hij legde het riet dwars over de tafel.

Bint maakte een grote doos sigaretten open. Zij waren bijzonder dik. Bint ging er mee rond, gaf ook vuur. Het kabaal nam toe. De hel zag blauw. To Delorm deed de deur open. Van toen af loeide de hel krachtig door de school als een gasbron. Het was vreemd, dit aanhoudend rumoer van één plek van een grafstille ruimte. De hel blies de rook door de neus, inhaleerde. Bolmikolke de Kalmuk had een manier om de rook te kauwen. De gier Van der Karbargenbok blies fraaie kringen rond een dikke tong. Hij kraste:

'Daar gaat je trouwring, Schattenkeinder.'

Steijd vroeg overal as, en maakte een koekje van as in zijn inktpot. Hij had de grootste schik. Hij was vrijwel imbeciel.

Maar het werd ook vechten. Whimpysinger trapte naar De Moraatz. De Moraatz gaf een schreeuw van een rat in de val. Hij stak een speld door Whimpysinger zijn broek. Whimpysinger gaf een jank. De Moraatz zwaaide een klein puntje bloed.

'To, pas op je handen,' zei Bint.

Met het rietje gaf hij een striem op tafel, en sloeg het ergste neer.

Hij keek rond, heel effen, er was iets in zijn oog, de hel zag het, en kwam niet tot bedaren. Maar het rietje was niet meer nodig.

Bint was trots. 4D was zijn gaafste werk. Er was hier iets gevaarlijks en onberekenbaars dat hem trok. Er was iets vertrouwds dat hem meer trok. Er zaten zulke geweldige schobbejakken. Toch had 4D een hoog ontwikkeld gevoel van saamhorigheid met de school. Het regende hier altijd straf, en niemand uitte ooit een klacht. Er was een neiging tot losbandigheid, maar nooit een neiging tot verzet, collectief. 4D deed geen greep naar de macht. 4D erkende zijn systeem, wàs het.

Fléau had op hen geen vat gehad. Na pogingen bij twee of drie had hij voorzichtig niet verder gepoogd.

Bint had de kleine Klotterbooke ontboden. Deze had in 4D groot gezag. Klotterbooke had de klas opgeroepen bij Bint aan huis. Hij was er een dag voor in de weer geweest. De hele klas was present de avond vóór het herbegin. Zij vergaderden bij Bint als mannen. Het was geen feest. Het was diepe ernst. Er was maar één gezindheid. En Bint was trots.

Het voorval trok niet zeer de aandacht van overheid en pers. Er waren juist politieke moeilijkheden. Zij waren te rechter tijd gerezen. En Bint droeg toch persoonlijk de hele schade.

Er kwamen die dag ouders vragen of opbellen waar hun

kind bleef tussen twaalf en twee. Het werd hun kort uitgelegd door twee leraren, een aan de telefoon, een aan de deur.

De hel vertrok om twaalf uur en kreeg de middag vrij. De straf der anderen bestond in overblijven, zonder eten, zonder werken, tot vier uur. Bint gaf geen verdere straf, en sprak niet over het voorval. Hij verbood de leraren er met de scholieren over te spreken. De hazen die in de zijstraten waren gevlucht werden niet meer toegelaten. De grauwe klas was merkbaar geslonken met Van Beek dood, en vier anderen weg.

De school was nu zuiverder. De bloemenklas stond De Bree wat minder tegen met de lege bank van Fléau. Deze was eenvoudig overgegaan naar een andere school omdat zijn vader zo een aanzienlijk burger was. Ook was Fléau innemend, en had Fléau een knap gezicht, en de harde stenen van zijn ogen zag een ander zo niet.

NAAR PASEN

De Bree wenste wel eens tien jaar verder te zijn. Hij wilde graag ervaren wat de school maatschappelijk opleverde. Daarvoor was het nu nog te vroeg. Bint was eerst voor vijf jaar omgezwaaid. Dit had Remigius verteld. De Bree geloofde aan het systeem van stalen tucht, blinde gehoorzaamheid, ontdekking van de wil door knechting, ophoping van energie, ontlading van energie, later, op het grote voorbeeld der school.

Het was vooral door Remigius dat De Bree uitspraken van Bint van vroeger vernam. Deze zaten er bij allen muurvast in.

Bint zei:

'Het land is vol, maar de koloniën zijn uitgestrekt, en de zee is vrij. Een sterke figuur vindt nog ruimte voor daden. En trouwens, voor deze is ook het eigen land niet te vol. Want hij slaat ruimte om zich heen.'

De school was er zo een waar geen bijzonder knappe scholieren voorkwamen. Het klasgemiddelde was hier hoger, daar lager, maar de buitengewoon begaafden kregen er geen kans. Bint had geen belangstelling voor buitengewone begaafdheid. Hij zei, dat hij daar later nooit iets van had gemerkt in de maatschappij. De buitengewoon begaafden van vroeger jaren waren in de maatschappij vrijwel spoorloos verdwenen. Zij waren gewone gezinshoofden geworden met een redelijke betrekking en vooruitzicht, – anders niet.

'Mijn ervaring,' zei Bint, 'is die van iedere school. Ze bewijst, dat het schoolonderwijs slecht aansluit aan de eisen van de maatschappij. Je moet dus een van tweeën, de school veranderen of de maatschappij.'

De Bree geloofde vast dat het nieuwe systeem tot andere uitkomst leidde. Maar hij zag zijn geloof graag door de praktijk verstevigd. Daarvoor was het nog te vroeg. Hij wenste tien jaar verder te zijn.

Hij ging een paar maal naar musea. Hij keek naar de manskoppen op de oude schilderijen. Hij nam ze in zich op met nieuwe aandacht. Hij zag lage brede voorhoofden. Maar wat gaven die hoge van tegenwoordig? Al dat denken maakte los van de aarde. Hij zag op de schilderijen brede gezichten, zelfvoldaan, niet bescheiden. Met hen had de wereld moeten rekenen. Men had de laatste tijd teveel in de hoogte gedacht, men moest leren denken in de breedte.

Bint zei:

'Ik veracht ieder, die prat gaat op onze gouden eeuw. De term is een aanklacht voor het heden. Die zich over nu schaamt is op de goede weg.'

De Bree keek er de leerlingen scherp op aan of hij door de kindergelaten al de brede kaken der voorvaderen zag doorbreken. Hier en daar zag hij iets wat er naar zweemde.

Hij had veel gehoord van Remigius, maar hij ging niet

vertrouwelijk met hem om. Er gingen er geen twee vertrouwelijk met elkander om. Ook dit was een beginsel van Bint. Hij zei:

'Als twee leraren vriendschappelijk worden geeft dat vanzelf afscheiding van de anderen. Het korps kan niet de minste splijting dulden.'

Men liep wel eens samen. Men kwam nimmer bij elkaar aan huis.

In de paasdagen liet Bint de leraren klassereizen maken, een leraar met een hele klas op de fiets. Maar om de hel was altijd strijd geweest. Bint verdeelde de hel altijd in tweeën. Dan kregen twee leraren een kans op de hel. Het was ook wel beter met het oog op de samenstelling van de hel. De school begreep het niet, maar aanvaardde het. Het was al jaren zo geweest. De hel kwam niet op de gedachte zich voor uitverkoren te houden, het lag niet in haar aard over zichzelf te denken.

Remigius kreeg ditmaal de ene helft, en Nox de andere. Remigius zou naar Zeeuws-Vlaanderen trekken, en Nox naar West-Friesland. Voor De Bree was geen klas over. Hij was de jongste, hij viel af.

Maar twee dagen voor de vakantie kreeg Remigius een kind. En De Bree kreeg de helft van de hel. Hij liet niets van zijn blijdschap merken.

Remigius had de school verzuimd. De Bree zocht hem 's avonds op. Remigius, gedachtig aan Bint, ontving de Bree alleen in zijn voordeur.

'Het is meer dan een maand te vroeg gekomen,' zei Remigius. 'Maar het is goed gegaan.'

De Bree was met zijn figuur verlegen. Hij had willen zeggen, dat hem het voor Remigius speet van de reis. Hij vond nu dat hij dat moeilijk zeggen kon. Hij overwoog wat dan wel te zeggen.

Remigius maakte plaats in de deur. Hij vroeg:

'Wil je hem even zien? Zó klein. Maar een jongen toch.'

Zij waren des avonds samen gekomen in Bergen op Zoom. Zij vertrokken des ochtends vroeg uit het kleine hotel. Het vreeswekkend stel had de hotelier verontrust. Maar De Bree betaalde fatsoenlijk het logies.

Het ging voort op de fiets, zij twaalven blootshoofds, De Bree de dertiende. Hij dacht wel de besten te hebben.

Hij zei:

'Nu geen gemeneer hier, maar kortweg De Bree.'

Zij namen het niet bijzonder op, en De Bree verwachtte het ook niet. Hij wou natuurlijk zijn. Hij dacht dat kameraadschap het best strookte met hun primitieve wezens. Hij mocht hier zijn als zij. Op school zou hij weer knechten. De zege was dan te groter na de vrijheid der reis. Bint had het gezegd, vijf jaar geleden, toen hij omzwaaide.

'Ik heb gedacht de schoolreizen af te schaffen. Ik doe het niet, want dat is fout. Na de reis moet je de tucht heroveren. Dan verslap je niet. Het is goed dat de reizen blijven.'

Zij namen de kameraadschap niet bijzonder op. Zij waren zo moeilijk tot verwondering te brengen. Zij waren nu eenmaal aldus. Woede ging hun nog het gemakkelijkst af, en grienen de vrouw Schattenkeinder.

De Bree leerde ook uren kennen dat zij stil onder elkaar leefden als rustige beesten.

Hij had wel het beste deel. Het beviel hem dat de vlerk Voorzanger er niet bij was.

Hij begreep dat het paar Kiekertak–Taas Daamde niet was te scheiden geweest, ook niet het paar Whimpysinger–De Moraatz. Maar Kiekertak en Taas Daamde reden stom en onverschillig naast elkaar en tussen Whimpysinger en De Moraatz waren telkens ruzies.

Het beviel hem dat de klas zich niet om hem groepeerde. Hij reed dan hier dan daar. Toch bezat de groep een instinctieve ridderlijkheid. Schattenkeinder reed nooit alleen.

Met de schepping van de mens kreeg de aarde kleur, dacht De Bree.

En hij overschouwde zijn duivels.

Daar was de ontzaglijke bruine sprinkhaan Neutebeum. Zijn scharnieren zaten los, zijn leden zaten er houterig aan. Hij had de stijfheid en rusteloosheid van een insekt. Hij reed met verdroogde grasjes in zijn mond. Hij kon zijn scharnieren laten knarsen als de pedalen van zijn rijwiel. Hij sprong veel verder dan een ander en kwam geluidloos neer. Zijn vet haar, in het midden gescheiden, sloot in twee torschilden om zijn schedel.

De Bree had nog Steijd, Van der Karbargenbok, Punselie, Heiligenleven, Te Wigchel, Surdie Finnis.

Te Wigchel was veel minder verschrikkelijk dan Steijd, maar hij was nog groter. Hij had het prachtig gedaan in een kroeg, in de tapkast. Schonkig, plomp, reed hij een waggelgang op zijn te kleine fiets. Zijn knieën kwamen aan zijn kin. Zijn fiets kraakte. Handen als die van Te Wigchel had De Bree nooit gezien. Ze waren te breed voor zijn zakken. Hij groef met een paar vingers of vroeg hulp aan een ander. Maar kracht had hij weinig. Op de tocht werd hij de zorg van De Bree. Hij kwam moeilijk mee. Maar hij imponeerde. En hij kon in zijn val een ander vrijwel verpletteren. Zijn enkele afmetingen hadden in het oproer aanzienlijk geholpen.

De Bree dacht aan Nox die nu in het noorden reisde. Nox met Klotterbooke, de dog die een wolf was, Ten Hompel, de groene Nittikson, Bolmikolke, de gezwachtelde Peert, vele anderen. Nox zou op een sombere manier orde houden en vrijheid geven. Zijn oorvegen sloegen tegen de grond. Het was dadelijk weer vergeten. Nox zou nooit lachen, boven noch onder de zwarte verdeelstreep van zijn snor. Zijn stem kwam altijd uit de bodem, ook op de open vlakte. Hij bond ze daar in het noorden met zijn somberheid, zijn zwijgzaamheid, zijn handen, zijn hart. De Bree wenste ook die anderen te hebben. De hele hel was hem niet te machtig. En dan op school de bende weer onder de voet. Dat zou groots zijn geweest.

Hij dacht aan Bint. Bint ging nooit mee, hij liet het reizen aan zijn korps. Het scheen hem ook niets voor Bint. Bint had met de ganse school kunnen reizen, niet met een enkele klas.

Hij dacht aan To Delorm. Die was met de bloemenklas naar Ede. Een naar klasje, daar kwamen stellig niet veel kerels uit.

Hij dacht aan Van Beek. Over deze was niet meer gepraat. Hij zag de nerveuze zwakkeling duidelijk vóór zich. Een kerel was dat nooit geworden. Het was merkwaardig dat er zo weinig over hem was gesproken. Een zelfmoord, een oproer waren toch gebeurtenissen. Maar Bint had een manier om praten, denken zelfs, te verbieden. Hij elimineerde zelfmoord en oproer, nu de school er geen rekening meer mee had te houden. Het werd doodgezwegen. Het hoorde bij zijn systeem. Naar het systeem telde niet het individu, opdat individuen geteeld werden uit het systeem. Zij die tucht leerden, konden tuchtigen later. De school zou niet enkel reuzen kweken, maar zij kon er enige kweken. De Bree zag het nog niet zo als Bint, maar het was mogelijk dat de hel de beste kansen bood.

Hij keek naar zijn buurlui. Zij hadden een kwartier gereden zonder praten, met hem of elkaar, Punselie en Surdie Finnis. Surdie Finnis was in deze omgeving haast mooi, met een teint van blinkend marmer. Een ontzaglijke roestbruine chrysant naar alle kanten was zijn haar. Maar de lelijkste ogen ontsierden hem, heel klein, heel groen, diep ingeschroefd onder zijn voorhoofd.

Een der dreigendste typen had weer Punselie, gelaatsbeenderen verlengd tot een wolfskaak met zaagtanden waarover zwartige lippen krulden in een stille glimlach die bang kon maken. Kennelijk een degeneré deze. En toch misschien een reus in wording, en misschien ook Surdie Finnis.

Zij twaalven stonden even op de dam in het Krekerak en zagen over een zak van zee, de baai der Oosterschelde. Zij zagen veel die dag. Hulst omwald, Axel rellend op een hoogte in het stof, ver weg kruivende struisveren van het bluswater in Sluiskil, op het terrein der fabriek, en toen zij er waren een motregen van ammoniak, die alle ijzer ontleedde. Er was een dwingende oostenwind in hun rug. Zij zeilden aan op het diep gelegen Philippine, heel nietig, heel beklemmend, de grens passeerden zij een paar maal, en altijd waren daar de slechte keiwegen. Er was veel somberheid van herbergen en grenshuizen. Dan weer dreven zij op de wind door de landen in een vlucht van lage vogels achter elkaar.

De zon was warm, de wind was koud. De lichtblauwe staaldom van de hemel was onzichtbaar gelast. De bouwaarde was nog grof, zonder groei. En er was aldoor een lichte mist van stof. Het had in lang niet geregend. Het was in de laatste dagen van maart. Zij gingen een paar maal zitten aan de weg, brood eten, drinken. Gauw uitgerust speelden zij nog even. Van der Karbargenbok en Neutebeum liepen om het hardst. Van der Karbargenbok fladderarmde, een gekortwiekte gier, heel snel. Neutebeum veerde en sprong, hij was de snelste.

Twee wildebeestenduivels begonnen te vechten. Een derde riep:

'Hei De Bree, kom er es tussen!'

Maar hij sprong zelf toe, het werd een gevecht van drie, het werd een kluwen.

De Bree liet hen uitrazen, hij rookte zijn korte pijp op de berm, hij zag het maar aan. Te Wigchel stond op, liep loom toe, viel over het gevecht en bluste het. De duivels loeiden van de lach. De ontzettende mond van Kiekertak was vlak bij. De Bree zag tot aan zijn huig. Inderdaad, dit monster had twee gebitten, zijn compleet melkgebit zat er achter. De dubbele rijen blonken alle sneeuwwit, ijzerhard. De fantasie der natuurvolkeren schiep zich zo enorme dentuur voor hun afgoden.

De Bree sprak met hen over de andere leraren. Het trof hem, dat zij Keska wel mochten, en Ridderikhof minder. Misschien minachtten zij vaag diens ziekelijkheid. Zeker hadden zij geen oog voor de heroïek waarmede deze zijn zwak lichaam bestreed. Maar zij waren daarvoor tenslotte te jong.

Maar zij mochten de een niet zeer boven de ander, en precies als in hun werk hadden zij ook in hun opvattingen niet veel verschil. De Bree vroeg zich af of niet juist de hel was van de grootste geestelijke eentonigheid. Of hij zich niet teveel liet verblinden door het ongelooflijk gevarieerd uiterlijk. Of in deze strafkolonie wel reuzen der toekomst staken.

En voor het eerst bracht hij zijn voorganger ter sprake, de leraar Van Fleer, die door de hel was weggepest. De Bree had iets over hem gehoord. Hij was overwerkt, daarop in de grote vakantie nog gepromoveerd, en ontgoocheld doordat hij het verwachte cum laude niet had gekregen. Remigius vertelde dat Bint dit heel effen had opgenomen. Bint was nu eenmaal niet iemand om een ander te troosten, en bovendien was zijn eerbied voor geleerdheid miniem.

Van Fleer kon na de vakantie de hel opeens niet meer aan. Bint liet het hem eenzaam uitvechten. Er waren ongehoorde dingen gebeurd. Bint was doof en blind. Van Fleer verdween.

Niet naar de tonelen vroeg De Bree, maar wel wat zij van Van Fleer dachten. Over de tonelen spraken zij niet, maar zij schaterden over de herinnering aan Van Fleer. Ze bedachten zotheden en scheldwoorden, gespeend van alle geestigheid. Zij waren puur wreed. De Bree liet hen begaan. Hij had hen nooit zo algemeen vrolijk gezien.

Hij gaf hun ook wel eens wat te verwerken. Hij sprak over de wegen. De keiwegen, de klinkerwegen, de grindwegen waren uit de tijd. Het ging tussen asfalt en beton. Het beton zou het zeker winnen. Het asfalt was kunstmatig. Het strookte niet met de zakelijke eerlijkheid van de tijd. Het had een pretentie, het was geen natuur, het kwam uit de schoonheidswinkel van het verkeer. Het had een kapperslucht. Het was dood gelijk de huid van een opgemaakte vrouw.

Het beton was op de man af. Het kwam van de aarde, het was de aarde, het was aarde op aarde. Het was steen onder de wielen en onder de voet, glad, stroef, volmaakt. Het was een wapenrusting. De weke aarde lag veilig gepantserd onder zijn harnas tegen de stormloop van het zwaarste verkeer. Het lag schoon grijswit in het land, en was een gids in het donker. Onvermoeibaar, onaandoenlijk tegen de seizoenen droegen zijn gegoten platen dag en nacht.

De Bree hoopte, toen zij weer opstegen, dat zij nu van de keien een hartgrondige afkeer zouden hebben, dat er onder hen bouwers mochten zijn aan de nieuwe wegen.

In de schemering zagen zij links Aardenburg omboomd en kort nadien tegen het al leigrauwend westen lichtgepinkel van het verre Sluis.

Die nacht, als de vorige, stond De Bree een paar maal op om naar de duivels te kijken. Zij sliepen verspreid over een paar kamers, dezen in bedden, genen op veldbedden. De meesten sliepen als blokken, enkele onrustig. In het kamertje van Schattenkeinder kwam hij niet. De deur stond ook nu weer op een kier. Zij wou zo dicht mogelijk bij de anderen zijn. Zij had dit de vorige avond gezegd, stuntelig, zonder valse schaamte, het had De Bree wel even gepakt.

DE TOCHT

Zij twaalven zouden nog door Vlaanderen trekken en een tip zien van Frankrijk. De tocht was tevoren vastgesteld, en ieder had een zelfgetekende kaart. Het ging die dag over Brugge op Torhout aan. Voor oude steden had geen hunner oog. De natuur namen ze zonder denken in zich op, de oude steden zeiden hun niets. Het was de vorige avond al gebleken, toen stelden zij belang in de ammoniakfabriek. De Bree vond het in zijn hart fijn.

Zij waren groeisel van de tijd. In Brugge luisterden zij met open mond naar het dreunend carillon, maar zagen niet de belfroot zelf. Schattenkeinder vond de muziek beelderig, en lachte zich kwekkend uit om het meisjesachtig woord. De Bree nam nog de proef met het academisch museum. Hij had er veel te kijken met zijn boevenbende. Zij zagen niets, slordig sloffend. Hij leidde hen voor de schilderij van Jeroen Bosch vol duivels, ondieren, geplaagde mensen. Zij troepten aandachtig samen. Hij glimlachte. Hij kon hen nauwelijks weer buiten krijgen. Whimpysinger en De Moraatz waren wild van het doek. In de poort trapten zij naar elkaar.

Langs het kanaal reden zij toen een smal grindpad tot een verzameling herbergen als moordholen, Bloemendaale, en scherp rechtsaf door bosland naar Torhout. Onderweg liet De Bree nog halthouden. En hij zei iets over oude steden.

'Wat oud is en de moeite waard hoort in een verzameling. Maar oud en nieuw door elkaar is onzin. Een stuk oude stad kan desnoods een openluchtmuseum zijn. Maar een stad te sparen om haar ouderdom is een zwakheid. De middeleeuwse hal van Brugge werd niet gebouwd voor ogen die van de toren neerzien op een paar honderd parkerende auto's. De auto of de middeleeuwen, niet alle twee. Behoudendheid is een vloek. Misschien gaan wij een kringloop, dan komen wij vanzelf bij het verleden terug. Maar wij moeten er niet bij willen verwijlen. En wij mogen hopen dat latere geslachten onze bouwsels zullen slopen.'

Hij liet weer opstijgen. De oostenwind was dwingend koud. Te Wigchel had een korte kuch. De blootshoofdse troep reed verder, wind in de rug.

De volgende dag gingen zij van Torhout naar Kortrijk, zij spalkten hun ogen voor de torens van de Broelbrug omdat ze zo dik waren, en 's avonds waren ze in Oudenaarde. De tegenwind der laatste mijlen werd geweldig koud. Het leem der aarde gaf machtig stof. In een boog zwoegden zij bergop om de stad die daarachter terzij in de diepte lag. De Bree liet halt houden, want Te Wigchel bleef achter. Ze moesten een kwartier wachten eer hij verscheen.

In het kleine hotel hield hij krijgsraad. Hij sprak met hen als mannen. De tocht moest worden bekort om Te Wigchel. Niet veel. Alleen morgen recht op Ronsse aan, en niet de grote omweg over Meirelbeke bij Gent in het noorden en dan af over Beirleghem naar zuid. Een tocht van een uur, niet een tocht van een dag. Veel rusten, lang uitslapen.

Hij wist dat zij het niet nodig hadden, maar Te Wigchel had het nodig. Te Wigchel zat er sloom bij en kuchte. Hij protesteerde niet, hij was heel moe en vol spierpijn. Het werd besproken in een laag vertrek, morsig, stokoud, om een tafel met vuilgrijs zeil. De koppen stonden alle ernstig. Er werd afgeweken van het plan. Het plan had hun niets gezegd. Bint stelde alle plannen op. Maar zij kregen ontzag voor het plan nu het werd verlaten. Het plan werd heilig. Maar het moest. De saamhorigheid won het. Zij zouden in godsnaam uitslapen. Zij zouden althans in hun bedden blijven, en treuzelen, boemelen, een uur rijden, veel onnodig rusten. Zij zouden Te Wigchel ook wel trekken of slepen. Maar zij waren zo sterk, ze konden wel doorrijden tot de Middellandse Zee. En omdat het toch laat werd de volgende dag bleven ze tot middernacht in het rookhol, waarvan ze de morsigheid niet zagen. Ze rookten sigaretten, Van der Karbargenbok blies trouwringen naar Schattenkeinder rond zijn dikke vogeltong. De Bree gaf een ronde koolzwart bier. De deur naast de gelagkamer stond open, de buitendeur ook. Ten laatste klonk daaruit over het plein hun gezang. Het was niet fraai, maar het was van een diep gedreun in de hoek der stille stad. Hun bassen hielden de maat nauwelijks, de wijs niet. Zij waren niet in het minst beneveld. Ze zongen zomaar een deun die hun inviel. Zij zongen speels eerst, van lieverlede ernstig. Misschien hadden ze nooit samen gezongen.

Schattenkeinder zong niet mee, maar lag te proesten. Ze bekreunden er zich niet om. Ze bleven ernstig. Steijd had een kracht van vibreren dat De Bree meevibreerde. Homogeen was ook nu weer het paar Kiekertak–Taas Daamde. Zij zongen beiden met een contrafagot, zo diep, dat geen toon meer was te bekennen. En zij merkten het niet van elkaar. het sprak vanzelf.

De dag eindigde vreedzaam en feestelijk onder de petroleumhanglamp die zij lichtjes lieten stomen en roetregenen. Zij waren grotestadsprodukten. Zij kenden geen petroleumlicht. Het was aardig aan de lamp te draaien, en de vlam te zien walmen met zwarte punten. Het was een beleving op zichzelf.

DE RUSTDAG

Was de hel van de grootste geestelijke eentonigheid? De Bree deed die nacht weer een paar maal zijn ronde. Hij had een zaktoorts. Hij richtte die naar de plafonds. In de flauwe schemering lagen zij stil, of snurkend, of woelend. Een had zijn dek weggetrapt. Hij legde het recht.

Die morgen was hij vroeg op, als altijd. Van de waard hoorde hij dat er twee waren weggegaan, zeker een eind om.

'Met de fiets?'

'Met de vélo.'

'Hoe lang geleden?'

'O, al een uur of twee.'

De Bree ging naar boven. Er lag een vore tussen zijn wenkbrauwen. Hij kwam in de kamers. Zij waren allen wakker. Ze hadden gestoeid of gevochten. Zij hadden zich voor de vorm weer toegedekt. Hun blote tenen staken onderuit de dekens.

Hij kwam in een kamer waar er maar één lag. Heiligenleven en Punselie waren weg. Van der Karbargenbok lag naar hem te kijken, dek tot zijn kin, snavel er boven, kleine ogen somber gloeiend.

'En nou jij.'

De Bree trok hem aan zijn kopveren uit het nest.

'Waar zijn die twee?'

'Weet niet.'

'Kerel, als je het me niet zegt, krijg je een trap onder je...'

Hij hield op. De gier stond erbij, woedend en vernederd. De Bree begreep in een flits wat er in hem omging. Hij wist misschien niet waar de anderen waren heen gegaan. Hij had het wel gezien, maar hij had niet meegewild. Hij had het gewild en toch ook niet gewild. Hij was vernederd omdat de anderen de eenheid hadden verbroken. Hij was woedend omdat hij niet met hen was meegegaan. De Bree moest tenslotte waarderen, dat de saamhorigheid het had gewonnen. Wist hij hun doel dan kon hij toch niet klikken.

De gier staarde naar de grond. Hadden de anderen een verleidelijk beeld opgehangen van een reis naar de verte, naar de Middellandse Zee, werken en bedelen onderweg?

De Bree was woedend als de gier.

'Kleed je aan,' zei hij alleen.

Zijn gezicht was wit van woede. Hij smeet de deuren der kamers open.

'Der uit, op, salamanders,' bulderde hij.

De deur van Schattenkeinder trok hij woest dicht, sloeg er toen tegen met de vuist.

'Op, op, wezen!'

Hij moest zich toch kalm houden. Hij floot grimmig tussen zijn tanden toen hij de trap afging. In de gelagkamer ijsbeerde hij.

Van Punselie, de degeneré, was zoiets te verwachten, maar ei, ei, die kleine Heiligenleven met zijn troffelgezicht van kwakken kalk! Stak daar zo'n oproerling in? En De Bree kromp van schaamte, toen hij bedacht dat dit gebeurd was met de school van Bint, met zijn gaafste klas. Hoe moest hij het vertellen? Wat moest hij doen? Hij vloekte knallend.

Toen vloekte hij nog harder. Want zoiets zou met Bint zèlf nooit zijn gebeurd. Of maakten die twee verrekkelingen zo maar een tochtje van een paar uur? Uitgesloten. Ze waren weg, weg, weg. En de anderen wisten ervan.

Maar dit was onjuist. Ze kwamen ongelooflijk snel omlaag, razend als De Bree, scheldend, tierend. De waard kwam erbij, maar verdween weer heel gauw. Ze hadden intussen Van der Karbargenbok afgedroogd. Zijn snavel zat vol vlekken. En het deed De Bree in zijn woede goed. Niet om hun daad tegen de gier, maar om hun woede. Die twee hadden gezondigd tegen de saamhorigheid. Ze verwoordden dat niet, ze voelden het zo aan, ze waren buiten zichzelf.

De Bree had op het voorbeeld van Bint een taai riet. Hij striemde er mee op tafel.

'Bek houden, bende!'

Het lawaai luwde weinig. Hij moest nog eens striemen. God in de hemel, wat een figuur tegenover Bint.

Hij liep rusteloos. Hij moest zijn gedachten verzamelen. Hoe waren ze gegaan? De herbergier wist het niet. Zijn knecht in de stal, waar de fietsen stonden, wist het niet. Politie? Laten telegraferen naar de omstreken? Wat een figuur! De anderen er op uitsturen, in groepen van twee, hierheen, daarheen? Hij vertrouwde ze. Ze boden het zelf aan. Hij weigerde. De twee waren te ver vooruit. De anderen verdwaalden nog maar. Godweet waren de twee al over de grens. Ze hadden passen, rijwielkaarten. Frankrijk was dichtbij. Naar de Middellandse Zee!

'Godver...,' vloekte hij.

Hij keek Van der Karbargenbok aan. Hij kon het toch niet uit die gier halen? Hij voelde bij zichzelf verzet tegen uitvragen. Tucht, stalen tucht, geen inquisitie. En misschien wist de gier het niet. Die twee konden voor zijn part naar de... enz. enz.

Hij vloekte weer. Ze namen het al over.

'Godver..., godver...,' hoorde hij hier en daar.

Toen werkelijk donderde hij het er uit.

'Stil!'

Hij viel aan tafel, half erover, zijn hoofd in zijn handen. Hij zat neergeploft, doodstil. Opeens was het doodstil. Zij keken allen naar hem. Zij stonden doodstil rond de tafel. Zijn hoofd was een as. Hun gelijke gedachten staken er met wielspaken in. Hij voelde dat heel duidelijk. Het was het enige wat hij voelde. Denken kon hij verder niet. Hij was maar een gewone as.

Opeens kwam er iets anders. Het was geen gedachte. Het was misschien een ingeving. Het kwam niet uit de as. Het kwam niet langs de spaken. Het kwam van heel ergens elders uit het wijde buiten. Hij keek op. Hoe lelijk ze zelf waren, – ze schrokken van zijn gezicht. Het was zwart van ingezonkenheid, onkenbaar. Maar het werd door iets beschenen. Het zwarte vervaagde. Hij wist zelf niet wat hij had ondergaan. Hij voelde het later, hij begreep het nog later. Hij stond moeilijk op, hij rekte zich eens. Zijn blik was haast al weer gewoon. Toen hij sprak was zijn stem al haast weer gewoon.

'Ontbijten!'

Ze deden die dag heel weinig, en tegenover de vluchtelingen niets. Ze treuzelden met het ontbijt. De Bree at nog het smakelijkst. Een lichte bleekheid onder zijn bruin was het enige wat hem die dag bijbleef. Ze waren sloom, futloos, zwijgzaam. Ze sjokten een beetje met hem door Oudenaarde.

'Wat een lieverds,' spotte hij.

Niemand grijnsde.

's Middags reden ze een slakkegang naar Ronsse. De twee werden doodgezwegen. De uitdrukking van zijn gezicht werkte nog aldoor na. De Bree vond tijd om op andere dingen te letten. Hij hoorde de kuch van Te Wigchel in het stof. Het bleef zonnig, droog, koud, met oostenwind. Zij hadden van de wind geen last, maar Te Wigchel kuchte van het stof.

In Ronsse kwam De Bree vroeg aan. Hij had een hotel op het plein. Het was het netste op de reis. Het had een hal. De volgende uren waren dodelijk vervelend. De hele troep was apathisch. Ze hingen in de hal over de stoelen. De glasdeuren naar buiten waren dicht. De Bree stond aan de deur. Hij rookte aldoor. De schemering kwam. Daar liepen er twee te zoeken langs de gevels van het plein. Hij keerde zich effen om:

'Daar zijn ze.'

De troep vloog op.

'Hier blijven!'

Ze bleven, maar Schattenkeinder was al weg. Ze was spontaan, ze was vrouw. Ze was zo spontaan dat ze De Bree vóór was. De twee waren nu dicht genaderd, fietsen aan de hand. Schattenkeinder vloog toe, grienend. Krabben, oorvegen. De fietsen rinkelden neer. Ze beschermden hun hoofden met hun handen. Ze konden toch geen meisje slaan. Het was een grote vernedering in het openbaar te worden geslagen door een meisje, met je beiden nogal. Schattenkeinder had hen nu in hun haren, zo sterk, dat ze de koppen tegen elkaar kon bonzen.

'Toe maar,' zei De Bree tussen zijn tanden.

Ze lieten zich gelaten straffen. Ze kwamen binnen met schrammen die bloedden. Ze droogden ze niet af. Ze keken naar De Bree als twee boeven. De Bree wachtte hen op.

Hij had het al geweten, vanaf het moment die morgen aan tafel. Het was niet erg. Het was geen vlucht, maar een escapade. Het plan was hun beiden te heilig geworden toen ze het moesten verzaken. Meirelbeke, Beirleghem, de grote omweg. Zó hadden ze gereden. Ze waren er dan toch, nu. En hij blij. Maar hij had zich uren gepijnigd hoe hen te straffen.

Toen was het gegaan als met het oproer. De hel had toch iets heel merkwaardigs. Ze stond achter de leraar, ze stond er voor, ze nam het voor hem op, ze nam hem het werk uit de hand.

Maar hij keek niet naar Schattenkeinder. Hij keek naar de twee. Ze keken en wachtten hun straf van hèm. Hij had een gezegende dag. Weer kwam iets over hem. Hij deed geen stap naar hen toe. Ze stonden op twee meter afstand. Hij zei het heel kort en bijtend:

'Van nu af zeggen jullie twee schobbejakken meneer.'

Achter zich hoorde hij gefluister. Hij moest inwendig even grijnzen. Schattenkeinder griende nog wat na en kauwde onderwijl op niks.

DE TOCHT, HET EINDE

Zij twaalven reden daags nadien door het heuvelend Doornik. De Romaanse kerk zag De Bree in de verte al liggen, compact. Maar de hel wilde toch nog haar gram halen. Heiligenleven en Punselie werden tegen een berm opgereden en daar nog eens afgetuigd.

'Meneer, meneer,' piepte de kleine troffelkop om hulp.

De steel van zijn hals ging in rare bochten.

De Bree reed stug door. Punselie was sterker en vocht gemeen. Kiekertak was zijn tegenstander. De anderen bleven wat uit de buurt. Het ging tussen de wolfskaak en het diepzeediergebit. Kiekertak behoorde tot de sterksten. Hij kreeg de ander krom. Hulp schoot toe. De wolfskaak kwam dieper dan de knieën. In de ontzettende Kiekertak werd een bloedkolder wakker. Hij boog zich naar voren om in de nek te bijten. Zijn tanden stonden voor niets. Hij had wellicht de wervels gebroken. Ze waren ver vooruit geweest. De Bree kwam aan. Hij zag het. Was er levensgevaar? Het kon ook slechts erg schijnen. Maar hij trok de knoop uit elkaar. En hij schrok van de gezichten, Punselie geel, Kiekertak scharlaken tot in zijn ogen.

Hij bleef in de buurt, maar 's middags was het geluwd. Het passeren van de grens gaf afleiding. De Franse douane keek wantrouwig naar het rariteitenkabinet. Maar de kaarten waren in orde, de natie stond aangeschreven als vreedzaam.

Er kwam wat leven in de troep. Er werd gegrijnsd. In Frankrijk te zijn, dat was nog wat anders dan België of Duitsland. Dat klonk.

Ze overnachtten in Roubaix, en de volgende dag passeerden zij weer de grens op weg naar Yperen. Tevoren deed De Bree hen halt houden. Het industrieel panorama moest hen boeien, Tourcoing, Roubaix, verderweg Rijssel. In de morgenmist schimden rondom de morsige schoorstenen. Het boeide hen.

Van toen af werd de weg om te gapen naargeestig. In Yperen wees De Bree op de kerk verblindend van nieuwheid.

'Gothiek uit de vijftiende eeuw,' zei hij, 'waarvan de mortel nog nat is.'

Het wemelde van Engelsen in en buiten autobussen. Er was niets hoegenaamd te zien.

'Het oude oorlogsterrein,' zei De Bree.

Het was de warmste dag op de tocht. De Kemmelberg lag ver links, gedrenkt in jong groen, gelijk voorheen in bloed.

Zij trokken verder. Hij wees een sloot: de Yzer.

Die avond waren zij in Veurne. De Bree moest ondanks zichzelf het antieke plein bewonderen. De twaalven bewonderden niet mee, ze keken naar de vele auto's van de drukke verkeersweg. Te Wigchel hing staande over zijn stuur. Hij had zich vermoedelijk doorgezeten, maar loochende alles. Die nacht hoestte hij hard.

De laatste morgen was ijzig, met vaal blauw, en een ploertige wind van stof en vorst pal oost. Er was geen sprake van te rijden naar Breskens en dan met boot en trein naar huis. De Bree brak de wieltocht op. Hij deed het in hoofdzaak om Te Wigchel. Hij sprak in het algemeen. Hij ondervond geen weerstand. De rit van de vorige dag had hen verveeld. Het ging nu met de trein op Brussel aan. Ze laadden in Gent zelf de fietsen over.

In Brussel gingen ze eerst nog eens breed eten. De Bree hield een speechje om flink te eten en nergens heen te gaan. Hij zei:

'De markt is hier mooi in de zin van antiek, maar eer je er bent moet je door teveel narigheid heen.'

Ze werden na het eten erg luidruchtig. Steijd bulderde zijn lach om niets, en nam allen mee.

Het restaurant was niet veel zaaks. Dit honds spektakel verontrustte toch.

'Toe maar,' zei De Bree, aan het tafeleind. Hij rookte zijn pijp. Hij overschouwde de twaalf haarkoppen, de steile, de verwarde, de slordige, de verwilderde, Steijd zijn zwarte beestenvacht, de torschilden van Neutebeum, de unieke roestbruine krulchrysant van Surdie Finnis. Het liep ten einde, het was gedaan. En weer miste hij iets. Hij miste de dollekastanjekleur bij Klotterbooke, de biljartbal bij Bolmikolke, hèt korte doggehaar van Ten Hompel met zijn zwarte masker.

Hij miste veel. Even rookte hij stil verder. Bij tintelend avondlicht waren zij verstoven in de woonstad. Het klonk nog in hem na: dag De Bree. En van de beide uitbrekers: dag meneer, – beschaamd en gehoorzaam.

NAAR ZOMER

Het meest was De Bree benieuwd naar de ervaringen van Nox met de wederhelft van de hel. Maar Nox was van nature heel zwijgzaam. Hij draaide zijn snor met vierkante hand, hij keek somber.

'Twee hebben 'm bij me gesmeerd, voor één dag maar,' zei De Bree.

'Zo,' zei Nox.

'Bij jou niet?'

'Nee.'

De Bree had het beste deel van de hel gehad. Toch was dit

bij hem gebeurd. Bij Nox was dit niet gebeurd. Het was een schande geweest. Maar Nox had de voorsprong van veel langer omgang met de hel.

De hel werd echter bij De Bree een paradijs. Het was er meest heel rustig. Hij schoot redelijk op. Hij was het eerste moment bang voor te familiare toon, na zijn concessie aan het gezag op de reis. Vrees was onnodig. De tocht was vergeten. De hel leerde nu verder, langzaam en redelijk. Zij waren daar stug, gesloten, betrouwbaar, als hij de tucht handhaafde.

Maar De Bree leerde ook zelf. Het was in de bruine klas, die altijd iets vóór bleef, waar zoveel gevraagd werd, waar de aandacht hem zo streelde. Hij hospiteerde eens bij Bint. Hij ervoer bevreemd dat bij Bint niets werd gevraagd, niets.

De Bree dacht na. Toen herinnerde hij zich het woord van Bint: de meester mag niet dalen, de scholier moet klimmen.

En hij dacht: vragen is geen poging tot klimmen, vragen is een uitnodiging tot dalen. Vragen is een eeuwig geraffineerde poging om een ander omlaag te halen onder de schijn van tot hem op te klimmen. En hij werd wild tegen zichzelf. Hij had maanden lang verkeerd gewerkt. Hij was er absoluut naast geweest. Hij wreekte zich op de bruinen. En hij kwam er zwart van toorn binnen. Hij zei:

'Wie zich niet bepaalt tot antwoorden als *ik* vraag, wie nog één vraag durft te stellen blijft een vrije middag.'

Er gingen dadelijk vingers omhoog:

'Waarom?'

Grimmig noteerde De Bree drie namen.

'Toe maar,' zei hij.

Het werd zijn stopwoord. De klas was een ogenblik met verbijstering geslagen. Ze poogde hem te volgen. Maar ze kon het vragen niet zo snel bij hem afleren. Van deze vlijtigste klas had hij de volgende weken steeds vrijemiddagblijvers, eenmaal zelfs zes.

In deze tijd had hij nog een kleine verdrietelijkheid. To Delorm scheen hem veranderd. Hij kon het niet bepalen, maar er was verandering. Kwam het van de tocht met de bloemenklas door Gelderland? Zo echt een landstreek voor dit zoete zootje, waarvan hij niet hield, waar geen enkele kerel uit groeien zou.

Hij vroeg naar haar ervaring. Zij was niet meer mededeelzaam dan Nox. Op een middag in de leraarskamer zei ze opeens:

'Na de zomervakantie verloof ik me. Raad es met wie?'

Allen keerden zich naar haar. Ze lachte niet briljant met het fraai garnituur, ze lachte innemend.

'Met Bint,' zei Keska lomp.

Nu lachten allen, ook To Delorm.

'Ik heb een kletsvraag gedaan,' zei To Delorm, 'jullie kent hem niet.'

De Bree kon vrij natuurlijk meelachen. Het zat God zij geprezen helemaal niet diep. Maar na Keska's lompigheid had To Delorm gebloosd, haars ondanks. Dat deed hem toch even pijn.

Hij wreekte zich in de bloemenklas waar hij heen moest. Hij wreekte zich op de onschuldige zusjes Stientje en Mabelle Kret. Dezen hadden de kleinste, kinderlijkste guitenblikjes gewisseld. Hij wreef ze ruw met de hoofden langs elkaar. En heel grof, expres, zei hij:

'Wat zijn jullie toch voor vellen van meiden!'

Zo, zo, To Delorm verloofde zich na de zomervakantie. Maar ze bleef dan toch nog dat jaar.

'Ga je weg, To?' had Remigius gevraagd.

En zij kwaad:

'Wat denk je wel!'

Ja, begreep De Bree, zij liet Bint het laatste jaar niet in de steek, zij bleef hem trouw, zij bleef hem helpen kerels af te leveren.

In zelfspot herwon hij met een paar uur zijn flinkheid. Hij a-seksueel? Nogal een mooie jongen.

Er was die maanden velerlei stoornis. Het ging zomeren.

Op een avond, toen hij blijvers had van zeven tot tien, was het kolengruisplein vol. In de dode heester der muziektent waren zeer schitterende vogels neergestreken. Het kwetterend boskoraal liet niet op zich wachten. De woensdagavonden van de politieharmonie waren aangebroken. De slenteraars wierpen het bodemstof op. Hoog in de lucht fonkelde het met goudlovers in het late licht. En daartussen sneeuwde zacht een ijl fabrieksroet neer. De Bree zag de herrie vanuit de leraarskamer aan. Zijn voorhoofd was gefronst. Hij keek machteloos toe. Het beklemde hem. Hij was boos en hij vond het triest. De blazers haalden met machtige teugen stof en roet hun longen binnen. Het rumoer doordrong de hele school. De blijvers werden onrustig. Hij moest zijn vervaarlijkste ogen opzetten. Om tien uur was hij bek-af, tegelijk met de muzikanten.

En er passeerde De Bree nog wat. Op een avond zei zijn hospes dat er een man aan de deur stond die er al tweemaal eerder geweest was die dag.

Waarom zeg je dat nu pas, dacht De Bree. Maar hij had geen ruziestemming en ging zwijgend naar beneden. Het was al haast donker. Voor de deur stond iemand die hij eerst niet herkende. Het was de weggejaagde conciërge. Zijn molligheid was verdwenen. Hij was twintig jaar ouder. Hij droeg de lompen van een zwerver van voor de oorlog. Hij zei:

'Meneer De Bree, ik heb geen kleren en ik ben kapot van de honger. Steun van maatschappelijk hulpbetoon krijg ik niet. U begrijpt wel waarom. Als u nou es iets voor me had, een kleinigheid maar.'

De Bree hoorde nauwelijks. Hij zag achter de conciërge duister het doodsbleek zwart schepsel met de grove tanden. Het lachte naar hem bedeesd en wetend. Het hokte nu samen met de verjaagde conciërge. Bint had goed gezien, maar nutteloos gedaan. En De Bree werd woedend om de lach van het wezen. Hij dacht aan de vonk van spot in Bint zijn oog, tot tweemaal toe. Het was misschien niet erg geweest, maar toch in de grond onwaardig. Hij was terecht vernederd geworden. Zij was de oorzaak. Hij onderbrak ruw het gelamenteer van de man.

'Wat bezielt je kerel, ben je bedonderd? Heb het hart nog es te komen. Geen cent krijg je, nog geen lekke schoen. En als ik je weer zie, trap ik je van de deur, begrepen?'

De man werd merkwaardigerwijs niet boos op hem, maar op Bint.

'Het is om de directeur,' zei hij gesmoord woedend. 'Het is allemaal Bint zijn schuld. Maar hij krijgt zijn streken thuis, zo waar zal...'

'Verroest, vent!' snauwde De Bree, en smeet de deur toe.

HET AFSCHEID

Als De Bree diep in zijn hart keek was hij fantastisch en romantisch. Hij wilde afscheid nemen van de school die hij met de vakantie voorgoed zou verlaten. Hij was nog geen vol jaar leraar, hij was maar tijdelijk, hij ging weer heen, maar hij kon niet scheiden zonder meer.

Die ochtend kwam hij vroeg. Hij zou alleen zijn. De school werd 's avonds schoon gemaakt, de nieuwe conciërge had niet de dienstwoning van de oude betrokken. Hij was alleen.

Hij ging eerst naar boven, waar zoveel vertrekken ongebruikt stonden. Ze waren kaal of afgesloten. En was daar de grote zaal met het museum van vergane dingen. Kasten, vitrines. Bestoven kristallen, verkleurde specerijen, verbleekte houtsoorten. In de stopflessen met een bruin vocht dreven trossen, stengels, stokjes. Het Westindisch groenharthout zag zeer weinig groen meer, het purperhart zag flets. Er was een kastje met vergiften achter twee glazen deuren, beide met hangsloten. Ze zouden wel niet meer werkzaam zijn, ze hadden een goedaardige tint. Bint liet waarschijnlijk alles onderstuiven, hij gaf er niet om, het was niets voor hem. De Bree had er nooit een leerling gezien. Dit allemaal moest een nalatenschap van Bint zijn voorganger wezen. Het was oer-oud, oer-onbelangrijk. De jeugd las de wetenschap niet af van het stoffige, kleurloze.

De Bree kwam een verdieping lager. Daar waren drie lokalen waar hij nog niet geweest was. Daar zaten de vijfdeklassers. Hij had voor deze nooit aandacht gehad. Hij gaf er geen les. En de vierdeklassers gaven hem al genoeg te verwerken. Nu, zo op het laatst, zou de vijfde zijn aandacht niet mogen gaan trekken. Het zou oppervlaktewerk worden, zonder zin. Hij had genoeg te stellen met de vierde.

En hij kwam in het lokaal van de grauwe klas. In een hoek van zijn hoofd hing nog het beeld van het hangkastje met vergiften. Hij dacht aan de dood. Door de dood dacht hij aan Van Beek. Van Beek had dáár gezeten. Hij herinnerde zich Van Beek weer heel goed, neuropaat, met sidderend schrift. In maanden had hij niet aan hem gedacht. Er werd nooit over hem gesproken. Maar het was vandaag De Bree zijn allerzielen. Hij dacht even aan de gestorven Van Beek. Toen omlaag. In de ene vleugel laboratorium en bibliotheek der scholieren. Die boeken ook had Bint geërfd. Het was niet veel zaaks. Er werd weinig naar gevraagd. Ridderikhof, die met het beheer belast was, kon het op zijn sloffen af. Remigius had verteld, dat Bint de eerste jaren iets had mogen bijkopen, maar hij had nooit in de gratie gestaan, en toen hij zijn systeem ging invoeren was er voor aankoop helemaal geen geld meer beschikbaar. Elders was dat beter. Daar ook hadden de onderwijzers de nieuwste boeken. Hier was de bibliotheek van de leraren even verouderd als die van de leerlingen. Er was geen geld, nooit geld. Maar elders waren scholen als paleizen, met geglazuurde tegelwanden, rubbervloeren, sommige met gemetseld aquarium of met palmenkas.

Het gaf niets. Bint kon het zonder deze hulpzaken. Hij zou met zijn kerels tot het laatst het kavalje uitwonen. En men herkende later de mannen van de school van Bint. Het was een afscheid. De Bree sloeg geen lokaal over. Hij was in de bruine klas geweest, de bloemenklas. De hel zag haast zwart nog zonder het kunstlicht, met de schemering uit vier hoge muurvenstertjes achter tralies. In het gymnastieklokaal, aan het eind van de andere vleugel, veerde de bodem gelijk de springplank van een zwembad. De vloerbalken waren vermolmd. Dit was een zonloze uithoek, waar nooit werd gestookt. Het moest onder de vloer schimmelen. Er zou grondwater staan. Het rook naar duf schimmel. Het gaf De Bree opeens iets verlatens. In de hoeken lag bladderkalk, daar zweetten de muren salpeter.

De Bree kwam terug in de stroeve voorhal. Hij bracht zijn laatste bezoek. Hij opende de kamer van Bint. Achter het bureau, stil en rechtop, zat Bint. Zijn knookhand lag op het tafelblad. Hij zat of hij de vergadering der leraren presideerde. Hij deed niets. Hij bewoog niet en zijn blik naar De Bree was zeer gering. Hij keek door zijn gewone bril van bloed.

'O, neem me niet kwalijk,' zei De Bree.

Bint gaf geen antwoord. De Bree sloot de deur en liep naar boven. Hij rookte een paar pijpen. Hij had nog een uur de tijd.

Zijn afscheidsgedachten maakten misschien sentimenteel. De aanwezigheid van Bint daar beneden beklemde vaag. Hij boven, Bint beneden in het lege gebouw.

EXAMEN

De school was die tijd zeer oppassend. Er behoefde geen tucht te worden geoefend. De orde handhaafde zichzelf.

De cyclonen, dacht De Bree, zijn de stormgebieden, de anticyclonen zijn hun tegenliggers, de gebieden van de hoge druk en van de stilte.

De school lag in de anticycloon van het eindexamen. Er

waren drie gecommitteerden. Bint ging er achter schuil. Het schriftelijk werk werd gemaakt in het gymnastieklokaal. Buiten was het zomer, binnen muf, maar wel koel. De gecommitteerden kwamen er weinig. Ze zaten meest in de klassen bij het mondeling. In zo een klasse zat een leraar, een leerling, een gecommitteerde. De vijfdeklassers dwaalden op vreemde uren door de gangen.

De Bree had geen examen af te nemen, maar volgens het rooster betrok hij soms de wacht in het gymnastieklokaal.

Hij keek over de 65 scholieren. De meesten hadden hun beste pak aan. Dezen waren nu de vijfdeklassers, om wie hij zich niet had bekreund. Daar zat de enorme, die bij het oproer door Taas Daamde in het ruim der school gesmeten was als een baal. Hoe zouden de gecommitteerden het volgend jaar kijken, – dan kregen ze de duivels tegenover zich. Zouden de duivels dan ook koortsig zijn als dezen? Neen, ze zouden onverschillig werken, net even voldoende.

De Bree moest weer denken aan het oproer. Daar zaten nu zij die allen hadden meegedaan. Hoe snel volgde dit geslacht een leuze, hoe snel verliet het haar! Hij had het zich nooit bijzonder verklaard, hoe dit op de school van Bint mogelijk was geweest. Het was begrijpelijk juist op deze school. Zij waren niet in de tucht groot geworden. Zij hadden nu vijf jaar schooltucht gehad, maar hoe was het bij hen thuis? Zij waren meest kinderen uit de kleine middenstand, er waren ook kinderen bij van meesterknechts wier ideaal het was één zoon te laten leren. Zij kwamen meest uit milieus vol zorg, de ouders ontzegden zich veel om hen te laten leren, om hen nòg niet te laten verdienen. Het milieu zou doorgaans behoorlijk zijn, niet minder, niet meer. Ouders en kinderen stonden op voet van gelijkheid in die gezinnen vol zorg. Er was geen tucht. Het gebrek aan tucht was de zwakheid der eeuw. De eeuw die het kind uitvond, koesterde als een nieuwe uitvinding, zich vergaapte aan zijn wezen. De wereld had vroeger om de kinderziel niet gemaald en was er gekomen. De volwassene had geen fraaie houding als hij neerhurkte om ter hoogte van het kind te zijn.

Het was niet alleen zo in de gezinnen vol zorg, het was overal. Het was zo in het gezin van de voorname Fléau, van de enkele andere leerlingen uit de gegoede klassen, die hier hun kind lieten grootworden voor de handel, uit traditie. Bij Fléau thuis was ook geen tucht. De Bree voelde dat precies. Nivellering, afkeer van differentiatie ondergroeven het moderne gezin. En het gezin heette het cement der maatschappij. Zo kwam Bint met zijn tucht alleen te staan, veertig weken in het jaar, zes dagen in de week, vijf uur op een dag van vierentwintig. Het verklaarde de rebellie bij een zoekend geslacht.

En De Bree liet zijn oog gaan over de menigte. Zij was vijf jaar gekweekt in tucht. Waar staken de reuzen? Hij zag ze nog niet, hij zou nog jaren moeten wachten. De reuzengroei ging door. Hij was er zeker van bij dezen, die nu het gewone beeld vertoonden van het examenkind. Want het examen was voorschrift van de wet. Daarin kon geen leraar zijn ziel leggen. Het examenkind werd niet gekeurd op reuzengroei, het toonde in het examen zich op zijn menselijk slechtst.

Een examen is een grote verdoemenis van deze tijd, dacht De Bree. Eén woord van Bint moest voldoende zijn: ja of neen. En het zou ja luiden bij allen die hier zaten. Want zij hadden hun eerste rapport doorstaan.

Middelerwijl had De Bree zijn eigen proefwerktijd voor de overgang. Dit was niets bijzonders. Het ging hier gewoon toe, gelijk met de vorige rapporten. Wat hem betrof zouden alle vierdeklassers vijfdeklassers worden.

De vijfdeklassers slaagden allen. De gecommitteerden waren na een avondvergadering met Bint en de leraren vertrokken. De middag daarop wachtten de vijfdeklassers de uitslag. Zij wachtten in het gymnastieklokaal. Er waren nu drie andere heren, uit de gemeentelijke commissie van toezicht. De Bree had al vroeger wel eens een enkele zien rondgaan.

Naast hen stond Bint. Achter Bint stonden de leraren. Voor hen stond de weetgrage troep en keek onnatuurlijk effen. De woordvoerder der commissie was een oude heer. Zijn stem flakkerde. Hij las achter een lessenaar de namen der vijfdeklassers. Hij scheen het erop te hebben gezet ze verkeerd te lezen. Hij radbraakte verscheidene namen. Dat beloofde wat het volgend jaar met de duivels. Men verstond hem toch wel. Meer en meer gezichten verhelderden aan de overkant.

Het was voorgelezen. Hij hield een kleine causerie over school en maatschappij. Men luisterde nog plichtmatig. Er was tucht.

Bint stond niet geheel naast de drie. Hij stond iets terzijde, iets achter. In deze dagen was hij niet de eerste der gemeenschap.

De Bree die achter hem stond luisterde niet naar de spreker. Hij keek Bint op zijn rug. Bint stond daar kaarsrecht, rietmager. Zij handen lagen samen op zijn rug tot een knokig vlechtwerk. Zijn palmen waren gegroefd, ze zagen bruin van ouderdom. Hij was de oudste en de rechtste. Hij bewoog heel licht.

De Bree zag het opeens. Bint stond doodstil, hij schommelde even naar voren, naar achteren. Hij was een blad, overgevoelig voor de zwakste luchtstroom, die de mens ontgaat. Een stalen wil, geen stalen lijf. Een schommelend blad. De Bree voelde iets te hebben ontdekt wat niet mocht. Het beklemde, vaag en dwingend.

VAKANTIE

Het was met de beslissing over de bevordering van de vierde klas in een uur afgelopen. Het ging op de school van Bint aldus dat er alleen over het eerste rapport wezenlijk werd gediscuteerd. Alle vierdeklassers gingen over. Er zou een moeilijkheid zijn geweest met een uit de grauwe klas, die een maand geleden ziek was geworden. Maar Bint had bericht gekregen dat hij van de school werd genomen.

De Bree nam opzettelijk geen afscheid van de collega's. Hij liet hen in de waan dat hij met de herfst zou terugkomen. Hij onderstelde tenminste dat ze dit zouden denken, omdat ze er niet met hem over spraken. Hij meende dat hij wel eens deze en gene had verteld van zijn plan om maar dit ene jaar te blijven. Ze waren het zeker vergeten. Maar goed ook. Aan afscheid nemen, handjes geven had hij een hekel. Een officieel afscheid van To Delorm leek al heel moeilijk. Hij eclipseerde maar liever. Ze gingen gewoon uit elkaar.

Bint kende natuurlijk zijn plan. Bint vroeg hem terloops tussen de andere leraren:

'Loop een eindje mee.'

Toen liepen ze samen. De namiddag was van een drukkende spookachtigheid. Een onweerslucht lammerde al donkerder tezamen. Geen majesteitelijke donderkoppen. De wolken elk op zichzelf waren nietig, maar ze drongen op elkaar tot een beangstigende macht. Het duisterde zienderogen. De stedelingen liepen te zweten. De Bree, zonder hoed, had slakkesporen van zweet langs zijn oren. Bint voelde geen hitte. Hij liep snel en licht in zijn grijze pak, De Bree sjokte mee.

Het zou boos weer worden, er vlaagde telkens weerlicht over Bint zijn grijze gezicht, maar het roffelde en regende nog niet.

'Als je blijven wilt,' zei Bint, 'hoef je niets te doen. Je wordt automatisch herbenoemd.'

De Bree in zijn afscheidsstemming verviel ook van zijn kant tot de vertrouwelijke vorm.

'Nee Bint, ik zou in zekere zin wel willen, maar je kent mijn voornemen. Het was maar voor dit jaar bedoeld. Je weet, ik heb andere aspiraties.'

'Dan moet je een ontslagbriefje aan de wethouder schrijven,' zei Bint laconiek.

Er lag even zilverlicht op zijn grijze bokkebaard.

Ze liepen verder zonder iets te zeggen. De Bree begreep wel dat Bint hem daarom had meegevraagd, maar Bint drong gelukkig niet aan. Het lag ook niet in zijn lijn aan te dringen. De Bree waardeerde dat, echter ging het zwijgen drukken. Toen de Bree iets gevonden had om te zeggen, zei Bint:

'Ik moet nu rechtsaf, saluut.'

En hij ging een stille zijstraat in. De Bree zag het weerlicht spelen op zijn grijze rug. Toen was hij de straat voorbij.

Nog eer hij thuis was wist De Bree dat hij niet tevreden was met zichzelf. Moest hij voor die andere aspiraties deze enige school laten gaan? Het voornemen om maar één jaar te blijven was een lintworm die zich in hem had vastgezet. Het beeld kwam in hem op door de afkeer die hij van zichzelf had.

In de frisheid van de avond na de onweersbui besloot hij onpartijdig met zichzelf te rade gaan. De wetenschap of de school. Beide was niet mogelijk. Hij schreef langzaam, gauw afgeleid. Hij kon naast zijn particuliere lessen alleen de wetenschap of de school hebben, niet beide.

In zijn hemdsmouwen aan het open raam zette hij zich tot herlezing van zijn manuscript. Zuiverheid doordrong de kamer. Zijn geest was kristalhelder. Als een ander las hij de inleiding over Anna Maria van Schuurman en de labadisten. Hij had er niets meer aan gedaan, niet naar omgekeken, niet over gedacht, al deze maanden.

Het was heel vreemd. Het was vreemd omdat het zo onbenullig was. Of het was niet eigenlijk onbenullig, want er waren hier en daar wel goede gedachten, maar het was gebrekkig gezegd. Men hoefde niet altijd iets nieuws te zeggen, men zei het maar in het geluid van zijn tijd. Deze oudbakken stijl, – was dat het geluid van zijn tijd? Hij had het op de school onmiddellijk aangevoeld, het gesaccadeerde, gesyncopeerde. Het zàt ook in hem. Hij kon het mondeling verwoorden, niet schriftelijk. Hij behoorde tot de tallozen wier geest alle lenigheid verliest als ze de pen hanteren. De pen hanteert hèn. Hij behoorde daartoe, nòg. Het moest eerst heel anders worden. Als hij jazz kon schrijven in proza, dan zou het gaan. De wetenschap in het ritme van de jazz. Historicus en kunstenaar één.

Maar hij was dan toch de vader van dit kind, hij hield ook van zijn lelijke kind, hij vernietigde het niet dramatisch, hij stopte het eenvoudig weg. Hij zou er later wel eens naar omkijken, er kon misschien nog iets uit groeien.

Wat hij wel vernietigde was de avondkrant, vijf grote bladen, die hij plots niet lezen kon. Welk een woordenzondvloed verdronk daar de gedachte. Dàn alles op één bladzijde, een enorme besparing van lonen, van papier, een dagelijks weerkerende sport voor het brein der redactie, gymnastiek voor het brein van de lezer.

Het beste wat hij had was zijn wil, een sterke wil in het gedrongen lichaam, een wil niet tot bespiegelen, maar tot maatschappelijke actie. In een amerijtje purgeerde hij de lintworm.

Doodsbenauwd dat Bint al naar een plaatsvervanger zoeken zou schreef hij dadelijk een briefje:

'Bint, ik heb er heel goed over nagedacht, maar ik wil graag het laatste jaar nog je leerling blijven.'

Zou ik dat zo laten staan, dacht De Bree, klinkt het niet sentimenteel?

Hij liet het zo, en verzond het naar de...

Hij wist niet waar Bint woonde, hij vond in het schoolboekje het adres: Saftlevenstraat.

Wat was dat voor een snuiter, die Saftleven? God zou hem bewaren, ze moesten dat herzien, ze moesten dat herdopen in de Bintstraat.

Bint gaf geen antwoord, natuurlijk niet, maar augustus bracht zijn herbenoeming. Hij doorzeurde de belabberdste vakantie van zijn leven, en in 's hemelsnaam ook nog maar de dagen na zijn herbenoeming. Iedere vierentwintig uur bracht hem een dag dichter bij september.

Hij had het nieuwe schoolboekje in zijn zak. Er was alweer een leraar afgevallen: Talp. Talp was zeker verplaatst. Nu, om hem treurde hij niet te zeer. De vier afdelingen der vierde klas waren versmolten tot drie vijfde. De bloemen en de grauwen waren verenigd. De bruinen hadden er een paar grauwen bijgekregen. Hij vroeg zich af hoe dat gaan zou. De bruinen waren vóór bij de grauwen. Het kerstrapport zou de beslissing brengen.

In de hel was niets veranderd. Er was daar niemand weggegaan tijdens het schooljaar. De hel was bevorderd en bloc. De hel bleef haar gesloten geheel.

In de leraarskamer stonden de anderen om de tafel.

Het was een halfuur voor de aanvang. Donkers kwam naar hem toe.

'Bint heeft ontslag genomen, hij komt niet terug.'

Zijn mond met de versleten tanden van de pijproker zei het zuur. Zijn gezicht was rood als altijd. Het had weinig uitdrukking. Het leek heel in de verte op de strakheid van Bint.

De Bree wist dat *hij* niet strak keek, maar verdwaasd. Hij bauwde Donkers gewoon na:

'Bint komt niet terug.'

Hij keek de andere gezichten rond. Het moest waar zijn. Hij las verslagenheid in het sombere staren van Remigius, de bleekte van To Delorm. Ze hoorden het voor het eerst. Ze hadden het zoëven gehoord, en nog niet verwerkt, net als hij. Alleen Donkers bleef effen. Maar Donkers was dan ook tot zekere hoogte de vertrouwde van Bint. Donkers was de plaatsvervangende directeur, hij had dus al eerder geweten. De Bree dorst niet naar de reden te vragen. Hij voelde dat hij het ook al half begreep. Er was iets geweest met Bint, de laatste tijd. Hij had zijns ondanks dingen ontdekt. Maar het juiste wist hij nog niet.

'Ik begrijp het wel,' zei opeens Keska. 'Het is om Van Beek.'

Keska zei het op zijn lompe manier. Hij was niet zo dom als hij scheen. Hij had, zoals grove naturen soms hebben, een scherpe blik voor het schijnbaar nietige, een praktische intuïtie. Hij meende het niet kwaad. Hij zei het alleen maar plompverloren.

Allen keken naar Donkers.

'Het is om Van Beek,' zei Keska.

'Hou je mond,' zei Donkers tussen zijn tanden.

En hij had zo een giftig straffende blik naar Keska dat De Bree van Donkers had kunnen houden.

'Hebben jullie iets gemerkt?' vroeg Remigius.

Het bleek dat zij allen iets gemerkt hadden, deze dit, die dat, allen heel weinig, niemand had de ernst doorzien. Zij keken weer naar Donkers. Donkers haalde zijn schouders op. Zij begrepen dat zij geen verklaring moesten vragen. Zij begrepen het ook zonder verklaring.

De bel ging. Terwijl De Bree onwezenlijk zijn klas opzocht moest hij plots denken aan wat de verjaagde conciërge van Bint had gezegd.

'Hij krijgt zijn streken thuis.'

Hij had nauwelijks kracht om zijn voeten te verzetten. Hij plofte voor de klas op zijn stoel. Hij dankte God, dat zijn eerste uur niet was in de hel. Daar had hij dit zeker niet kunnen verdragen.

Het beste wat ik heb is mijn wil, dacht hij. Langzaam herwon hij zichzelf.

Bloemen en grauwen waren samengevloeid. Hij zat voor een grote klas, een zonderling mengelmoes. Dit te versmelten tot een eenheid was nu zijn jaartaak. Een klas moest een wezen worden. Het leek onverzettelijk zwaar. Hij overwon zichzelf opnieuw. Het chaotisch klassebeeld ging hem langzamerhand boeien. Hij zou werken, ook zonder Bint, maar in de geest van Bint, maar met de ziel van Bint. Donkers zou de nieuwe voorganger zijn. Bint zou hij niet wezen. Erfgenaam van Bint zijn systeem, van

Bint zijn school, werd Donkers toch een grote figuur.

Het tweede uur bij de bruinen was al makkelijker. Het klassebeeld was al vertrouwder, met een paar nieuwe gezichten van de grauwen. Hij merkte nòg iets. Hij kon nu al scherper opletten. De scholieren waren in de twee maanden vakantie ouder geworden. De meesten waren gebronsd van de zomer, maar dat was het niet. De bronzen trekken waren steviger. Hun groei naar het volwassene ging snel op deze leeftijd. In de vorige klas – hij sprak bij zichzelf van de vorige klas, omdat hij er nog geen naam voor had – daar had hij dit ook gezien, alleen nog niet verwerkelijkt. Zij begonnen kerels te worden.

In de aflossing naar het laatste uur voelde hij aan zijn mouw trekken. Donkers stond tegenover hem:

'Het is zo, het wàs om Van Beek.'

Hij fluisterde het, een sterke man, sterk mannelijk, die fluistert als het gaat om de dingen van het hart. En Donkers had een kleine schuwe blik krimpend langs De Bree heen, omdat hij hem niet kon laten zien wat er stak diep in zijn oog.

Om deze schuwe blik ging De Bree van Donkers houden.

5C

De Bree stond aan de afgesleten treden naar de kelder. De hel zou hier ook het laatste jaar zitten. Hij kon zich geen ander lokaal voor de hel denken dan hier. De hel wilde het zelf niet anders.

Maar de duivels waren nu voor een uur in het laboratorium geweest. Zij kwamen aan en bijna schrok De Bree. Want dit werden geen kerels, dit waren kerels. Een stoet van grote gestalten trok langs hem en daalde af. Boven allen uit staken Surdie Finnis met zijn roestige chrysant, Steijd met zijn zwarte gezicht, Te Wigchel met zijn reuzige handen op de schouders van de twee makkers.

Ze trokken langzaam hem voorbij, en in de grond, hij na. Er waren er een paar wat kleiner, maar ook zij hadden met de zomer hun best gedaan. En Taas Daamde, die niet hoger kon worden, was gegroeid in de breedte en in de diepte. De Bree achteraan was blij met zijn eigen lichaam van gedrongen kracht. Hij was klein, nu ja. Maar ieder zag hem de potigheid aan. Hoe had hij als een nietig manneke zich een houding kunnen geven tegenover dezen?

In de laagte, op zijn podium, keek hij tegen de klas aan. De klas zat als altijd. Geen was veranderd als zij, geen was vertrouwder gebleven. Na de nare uren wilde De Bree hier even komen tot rusten, tot kijken, tot denken. Hij zag meer dan hij eerst had gezien. Hun verandering was fenomenaal. Zij waren nu de ondankbare leeftijd te boven, zij waren vermenselijkt. Had hij hen misschien in de aanvang te fantastisch gezien? Waren zij nooit zulke monsters geweest? Maar ja, het kon niet worden geloochend, zij waren gerijpt. Het lag op de gelaten, dat wat de mens tot het belangrijkste scheppingsverschijnsel maakt, het menselijke. Het stond groot geschreven voor zijn ogen.

Schattenkeinder bleef een sloddervos met piekhaar, een eeuwig kauwende mond. Maar hij had nooit haar ogen gezien, blauw-grijs, meer blauw dan grijs, echte vrouwenogen, haast mooi, haast boeiend. De boomgrote Steijd was geen superprimaat, maar een man. Hij schoor zich allang. Nu voor het eerst zag De Bree over zijn kaken het blauwe waas van uitgeschoren stoppels, het menszijn, het man-zijn. Ze waren kerels allen, zij zouden reuzen worden. Zij waren het vertrouwdst van allen gebleven en hun verandering was het fenomenaalst.

En daar klonk de kuch van Te Wigchel om hem te herinneren dat wat hij tegenover zich had toch maar mensenwerk was. Het was de kuch bij de Paastocht opgedaan in ijswind en stof, de teringkuch die hij het hele jaar zou horen, die hij nooit gans zou kunnen vergeten.

Daar, toen, voelde De Bree iets van het komende aan. Hij keek naar Te Wigchel. Hij liet zich niet bedriegen. Deze scheen de machtigste van allen, en hij was stucwerk over riet.

Verder, verder keek De Bree en dacht aan de klasse 4D, nu 5C, als het gaafste werk van Bint. Bint zou het niet afleveren. Anderen namen de reuzenkweek over. Bint was opeens te zwak geworden. Bint en zwak! Toch begreep De Bree. Hij was zo lucide, hij begreep alles. Bint was zwakker dan zijn systeem geweest. Hij had de ijzeren consequentie van zijn systeem niet kunnen verdragen. Hij was niet zo doorijzerd als hij deed voorkomen. Hij had niets laten merken. Toch waren er symptomen geweest, een eenzaam broeden in zijn kamer, een flauw wankelend evenwicht. Het was om de dood van Van Beek. Twijfel, wroeging? Neen, geen twijfel, geen wroeging, een legaat van kracht aan anderen. Bint koos tussen Bint en Bint zijn systeem. Bint werd oud, ging heen, het systeem was modern, bleef jong, blééf.

De Bree had zitten peinzen, hij wist niet hoelang. De klas nam haar kans waar. Het moest wel weer zijn uitgegaan van dat zwaar granietig wezen in de hoek vooraan, Klotterbooke. Hij hoorde overal geschuifel, hij zag overal beroering, hij zag de grijns van brede monden, Schattenkeinder zat schril te snateren, ging toen voorover liggen proesten, haarslierten op het tafelblad. De klas begon te koken, een minuut en zij kookte over.

De Bree stond ineens recht op het podium. Hij keek tegen de klas. Of Bint terug kwam of niet zou haar geen snars kunnen schelen. Ze waren daar nog te jong voor genegenheid. Ze hielden daar niet van Bint zoals Bint hield van hen. Maar de klas bleef zichzelf gelijk. Je wist altijd wat je aan haar had. Eén moment van onoplettendheid, en de tucht werd vertrapt, de leraar kon gaan.

De Bree stond recht, juist bijtijds. Zijn oog ging zwart over de klasse 5C. Hij grijnsde breder dan een van de anderen. De andere grijnzen begonnen te slinken.

'Toe maar,' zei De Bree dreigend, en grijnsde met een macht van dreiging.

Hij had in de vakantie een hoektand uitgebeten op zijn pijp, en het onverschillig zo gelaten. Hij grijnsde vervaarlijk met het nieuwe gat in zijn mond.

'Haha,' zei De Bree, 'jullie verbeeldt je dat het vrede is? Nee, kereltjes, we hebben een bestand gehad, maar vrede, echte vrede hebben we nooit gesloten.'

Hij grijnsde nu werkelijk infernaal.

'Hebben jullie me ooit horen zeggen: het is voortaan vrede tussen ons? Nee kereltjes,' sarde De Bree, 'het is oorlog, het is en het blijft oorlog.'

Hij rukte de stoel naar zich toe, plofte er geweldig op neer, àchter de tafel. Hij sloeg zijn open opschrijfboekje op het blad dat het klapte. Hij speelde kouddreigend met zijn potlood. Zijn maarschalksblik ging naar de vijand.

'Mijn vesting,' zei hij.

BINTS PRAALGRAF

De Bree ging die avond naar de Saftlevenstraat. Hier was het nummer, een benedenhuis. Op de deur stond geen naam. Daarboven woonde zeker de buurman met de grammofoon, waarnaar Bint geluisterd had, waarvan hij verteld had.

Hij belde. Er ging licht op in de gang. Een schaduw bewoog over de matglazen deurruit, werd groter. Het was de schaduw van een vrouw. De deur ging eerst op een kier, toen wijd open.

'Is meneer thuis?'

Neen, vader was er niet.

'Hier woont toch meneer Bint?'

Ja, hier woonde meneer Bint.

De laatste vraag was bespottelijk onnodig. De grijze vrouw leek op Bint. Het moest zijn dochter zijn, de weduwe. Bint betaalde de schulden van haar man. Hij had jaren en jaren betaald van zijn salaris. Hij zou nu van zijn pensioen betalen. Hij zou betalen tot zijn dood, zonder er ooit uit te komen.

'Wanneer komt meneer thuis?'

Dat wist ze niet.

'Waar is meneer naar toe?'

Dat wist ze niet.

Hij verzocht te zeggen dat De Bree er geweest was, ging heen.

Een paar dagen later ging hij er weer heen. De grijze vrouw deed open. Zij herkende hem. Vader was niet thuis, zij wist niet wanneer vader thuis kwam.

Vaste instructie, dacht De Bree. Of Bint thuis was of niet, hij liet zeggen dat hij er niet was. Zou hij haar vragen of Bint haar misschien iets gezegd had voor hem bestemd, een boodschap had medegegeven of zo? Hij hardde zich grimmig tegen de zwakheid van deze vraag. Als Bint hem iets had willen zeggen zou hij het wel hebben overgebracht. Maar Bint had niets te zeggen. Boodschappenjongens die een pakje afgaven vroegen wel of er wat te zeggen was, daarmede hopend op een fooi. Als zo een boodschappenjongen, heengestuurd met de mededeling dat er niets te zeggen was, voelde zich De Bree. Naar het uiterlijk ging hij heen, naar het innerlijk droop hij af.

Hij begreep de wenk. Bint had hem stil en nadrukkelijk deze wenk doen geven: hij wilde hem niet meer spreken, niet meer zien. Bint was van nu af dood voor hem. Bint wilde dat zo.

De Bree gooide zich mistroostig op zijn bed. Daar vocht hij het uit met zichzelf. Bint wilde dat zo: geen sprankel genegenheid voor hemzelf, liefde alléén voor de school. Waarachtig, hij làs het in zijn bloed-omcirkeld oog.

De volgende dag werd hij heel vroeg wakker. Hij voelde dat hij wilskrachtiger leefde dan ooit, maar met een element van eerbied dat nieuw was omdat het plechtig was.

Hij ging heel vroeg naar school, langs een omweg. Eerst ging hij dezelfde weg, toen sloeg hij af. Hij ging door de armoestraten met hun slordige rooilijnen, het slechte stadsplan, goed genoeg voor de pauper, de hobbelplaveisels, waarop de voetzolen van de arme maar tevreden moeten zijn, het dras waaraan zijn schoeisel maar moet wennen. En door deze nederige voorportalen bereikte hij van een andere zijde het kolengruisplein in zijn lijst van keien, met zijn jammerlijke vreugdetent.

Het was nog heel vroeg. De naargeestige huizen rondom waren alle wakker. Het verkeer van arbeiders overkruiste het plein. Als van een lamp die ergens stoomde achter een stenen wal regende het voorzichtig roet.

Maar recht-over had hij het geelgrauw gesausd schoolblok. Ondanks de lekken die donker over zijn oud pleister hadden gehuild scheen het naast de zwarte huizen wit, van een indringend wit. De torenklok wees in verbleekt goud op zeven uur.

In de stille stroeve hal keek De Bree even rond, maar hij zag naar niets. Hij was zich bewust, dat er iets rustte ergens hier, dat er hier ook iets leefde. Een as, een ziel.

Toen kwam het over hem, eenvoudigweg, het hoofd te ontbloten en zacht ging hij de trap naar boven.